AF299364

LE SOLIMAN

TRAGI-COMEDIE.

A PARIS,

Chez **TOVSSAINCT QVINET**, au Palais, dans la
petite salle, sous la montée de la Cour des Aydes.

M. DC. XXXVII.
AVEC PRIVILEGE DV ROY.

Priuilege du Roy.

LOVIS par la grace de Dieu Roy de France & de
Nauarre, A nos amez & feaux les gens tenans nos
Cours de Parlement, Baillifs, Senefchaux, Preuofts,
Iuges, ou leurs Lieutenans, & à chacun d'eux en droict
foy, Salut. Noftre cher & bien-amé *Touffainct Quinet*,
Marchand Libraire, nous a fait remonftrer, qu'il defi-
reroit imprimer & mettre en lumiere vne Tragi-Comedie, intitu-
lée, *Le Soliman*, mais craignant que l'Impreffion ne luy foit dommæ-
geable fi d'autres que luy s'ingeroient de le faire imprimer, il nous a re-
quis nos Lettres fur ce neceffaires. A ces caufes, Nous auons permis, &
octroyé, permettós & octroyons audit *Quinet* d'imprimer ou faire imprimer ladite Tragi-Comedie, par tels Imprimeurs que bon luy
femblera, icelle vendre & expofer durant le temps de fept années,
pendant lequel temps nous auons fait & faifons tres-expreffes inhibi-
tions & deffenfes à tous autres Libraires & Imprimeurs de la faire Imprimer, vendre, ny debiter, fur peine de perte des exemplaires, & de
cinq cens liures d'amende, defpens, dommages & interefts; Et afin
qu'ils n'en pretendent caufe d'ignorance, Nous voulons qu'en faifant
mettre en fin des exemplaires, autant des prefentes, elles foient tenües
pour certifiées. A la charge toutesfois de mettre deux exemplaires de
ladite Tragi-Comedie dans noftre Biblioteque des Cordeliers à Paris,
& vn exemplaire d'icelle és mains de noftre amé & feal Cheualier
Chancelier Garde des Seaux de France, le fieur Seguier Dauttuy, Car
tel eft noftre plaifir. Donné à Paris le vingt-feptiefme iour de Feurier,
l'an de grace. mil fix cens trente-fept. Et de noftre regne le vinge-
feptiefme.   Par le Roy en fon Confeil, PETIT. Et feellé du grand
feau de cire jaune.

Acheué d'imprimer le 30. Iuin 1637.

LES ACTEVRS.

SOLIMAN.	Roy de Thrace.
RVSTAN.	Gendre de Soliman.
ACMAT.	Conseiller.
OSMAN.	Gentil-homme de Rustan.
PERSINE.	Fille du Roy de Perse deguisée en garçon, amoureuse de Mustapha.
ALVANTE.	Pere Nourricier de Persine.
LA REYNE.	Femme de Soliman.
SELINE.	Confidente de la Reyne.
MVSTAPHA.	Fils de Soliman.
SOLDATS.	De la garde de Soliman.
ORMENE.	Pere Nourricier de Mustapha.
ADRASTE.	Lieutenant de Mustapha.
MESSAGER,	
DEVIN.	

GENTIL-HOMME DE SOLIMAN.

L'AMBASSADEVR DE PERSE.

La Scene est en Alep, ville de Syrie.

LE SOLIMAN.

TRAGI-COMEDIE.

ACTE PREMIER.

Scene premiere.

SOLIMAN. ACMAT. RVSTAN.

SOLIMAN.

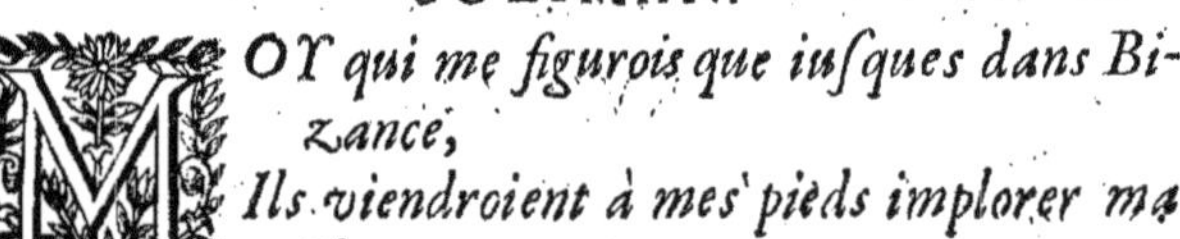

OY qui me figurois que iusques dans Bi-
zance,
Ils viendroient à mes pieds implorer ma
Clemence:
Me voicy dans Alep, & ces fiers ennemis
Ne se sont pas encore à mon pouuoir soubmis!

A

O *Dieu quelle fureur ! quel orgueil ! quelle audace !*
Les Perses resister au grand Seigneur de Trace !
Ont-ils donc oublié que nos moindres efforts,
Ont mille fois couuert leurs campagnes de morts?
Veulent-ils derechef tenter vne fortune
Qui leur prepare à tous vne cheute commune?
Car (asseurez-vous-en) nos bras victorieux
Perdront de ces mutins l'Empire glorieux :
Le Ciel qui dés-long-temps medite leur ruine,
A si belle entreprise auiourd'huy me destine.
Obeyssons luy donc, & tous ayez pour moy
Dans le cœur, le courage, & dans l'ame, la foy.

ACMAT.

Grand Roy, nous attendons la fin de cét ouurage,
Moins du Ciel, ou du Sort, que de voftre courage :
Et nous fuiurons les pas de voftre Majefté,
Le cœur remply d'ardeur & de fidelité.

RVSTAN.

Commandez feulement, & vous pourrez conneftre
De quel zele Ruftan eft porté pour fon Maiftre :
Au moindre figne d'œil, i'iray, Sire, pour vous
M'expofer hardiment à la fureur des coups.

Ah que n'est la iournée & l'heure desia preste,
Où nous deuons auoir nos ennemis en teste!
Car alors ie mourray d'vn glorieux trespas,
Ou vous apporteray la teste de Tamas.

ACMAT.

Que sert de faire au Roy cét offre temeraire?
Le propre d'vn guerrier c'est d'agir & se taire.

RVSTAN.

Qu'inferes-tu de là?

SOLIMAN.

Silence, taisez-vous.
Ie connois le merite & la valeur de tous.
Mais allons, que du camp la place soit choisie,
Attendant que mon fils arriue d'Amasie.

RVSTAN tout bas.

Que puisse-t'il plustost estre priué du iour,
Seigneur, la Reyne attend que ie sois de retour,
Ie la vay retreuuer si i'en obtiens licence.

SOLIMAN.

Allez.

A ij

SCENE DEVXIESME.

SOLIMAN. OSMAN. ACMAT.

SOLIMAN.

IE vois Ofman qui deuers moy s'auance,
Il reuient d'Amafie, & rapporte joyeux,
Des nouuelles qu'on lit defià dedans fes yeux.

OSMAN.

Inuincible Seigneur, Roy le plus grand du monde,
Qu'ainfi toufiours le Sort à vos fouhaits refponde :
Ce fils de qui la gloire a l'vniuers rauy,
Le braue Muftapha, de cent Princes fuiuy,
Arriue dans Alep.

ACMAT.

O nouuelle agreable !

SOLIMAN.

Et qui remplit mon cœur d'vne joye incroyable.
A ce conte fes foins furént bien diligens !
Comment a-t'il fi toft ramaffé tant de gens ?

OSMAN.

Le seul bruit de son nom & de sa renommée,
Pourroit en moins de temps leuer toute vne armée,
L'esclat de sa valeur sans exemple & sans pris
Est l'attrait & l'aymant des cœurs & des esprits.

ACMAT.

Que i'ayme ses vertus, & qu'on me parle d'elles ;
Là se fonde l'espoir des Ministres fidelles !
Mais, Sire nous deuons quant & quant auoüer,
Que loüer Mustapha c'est aussi vous loüer :
Vn ruisseau clair & net nous fait veoir en sa course,
Qu'il a tiré son eau d'vne plus viue source.

SOLIMAN.

Retournons sur nos pas, afin de receuoir
Ce fils qui fait par tout éclatter mon pouuoir.

ACMAT.

Sire, continuez vostre premier voyage,
Et receuez au camp ce fils plein de courage,
Il l'a bien merité, l'honneur qui semble deu
Pousse à faire encor mieux alors qu'il est rendu.

A iij

Puis vous ſçauez qu'il vient accompagné de Princes,
Qui ne ſont point ſujets aux loix de vos prouinces,
Si bien que vous pouueʒ ſans vous faire aucun tort,
Les accueillir au camp, dés leur premier abord.
Rien ne peut dans la guerre exciter le courage,
Comme vn Prince qui monſtre vn gracieux viſage,
Et les moindres regards dont il flate nos ſens,
Pour faire aimer la mort, ont des charmes puiſſans.

SOLIMAN.

Ce que tu dis, Acmat, ne ſouffre point de douté,
C'eſt pourquoy pourſuiuons noſtre premiere route.
Toy, vas dire à Ruſtan qu'il s'en vienne apres moy
Si toſt qu'il aura ſceu ces nouuelles de toy:
Cours & fais promptement ce que ie te commande.

OSMAN.

Que ne fais-je auſſi-bien ce que Ruſtan demande,
Dont ie viens d'obſeruer, comme j'ay touſiours fait,
Les preceptes & l'art, peut-eſtre auec effet;
Car quoy que le Roy feigne, on tient cette maxime,
Qu'vn vieux Roy, de ſon fils, hait la trop grăde eſtime.

SCENE TROISIESME.

PERSINE, ALVANTE.

PERSINE.

D'Où l'as-tu donc appris ?

ALVANTE.

C'est le bruit de la Cour,
Et puis que Soliman n'attend que son retour,
Pour venir fondre en Perse & nous faire la guerre,
Madame, treuuez bon de quitter cette terre.
Retournons vers Tamas luy faire tout sçauoir,
Afin qu'en diligence il y puisse pouruoir.

PERSINE.

Mais si, comme tu dis, dans peu le fils de Thrace,
Doit faire voir icy ses gens & leur audace,
Faut-il m'en retourner sans auoir aujourd'huy
Jugé de la valeur de ses gens & de luy ?
Faisant vne action si fort deraisonnable,
Je perds de mon dessein l'effet le plus loüable,

Et rends ma hardieſſe & ce deguiſement,
Au lieu d'eſtre loüez, dignes de chaſtiment.

ALVANTE.

Les ſoldats que le Prince ameine en cette ville,
Si i'ay bien entendu, ſont à peine dix mille :
Dans vn nombre de gens petit comme le leur,
Que peut-on remarquer d'audace & de valeur ?
Mais ce qui me fait peur, c'eſt la puiſſante armée,
Et depuis ſi long-temps à vaincre accouſtumée,
Que ſuiuant voſtre aduis, i'eſpiois ce matin,
Et qui va de la Perſe acheuer le deſtin.
Partons donc tout à l'heure, afin que voſtre Pere
Ait le temps d'auiſer à ce qu'il faudra faire.

PERSINE.

Aluante, attends encor.

ALVANTE.

    Ce ſeroit vous trahir :
En tout autre ſujet ie ſuis preſt d'obeïr :
Quelle neceſſité vous oblige à cette heure
A vouloir faire icy de plus longue demeure ?
Ah ! retournons Perſine, & ſi le Sort heureux

A ſuiuy

A suiuy iufqu'icy vos deffeins genereux.
Songez qu'il peut tourner ce vifage agreable,
Et que fon naturel c'eft d'eftre variable ;
Car fi l'on nous defcouure, hé bon Dieu! quelle main
Vous pourra retirer de ce peuple inhumain.

PERSINE.

Mais fi ie pars , ie cours fortune de la vie.

ALVANTE.

Hé par qui, hors d'icy, peut elle eftre rauie ?
Dieu comme elle fe trouble, ah! Madame parlez,
Et que ie fçache au vray ce que vous me celez.

PERSINE.

Oüy, la foy, qui depuis que m'efleua ta femme,
S'eft fait voir à mes yeux fi pure dans ton ame,
A bien, mon cher Aluante, auiourd'huy merité,
Que tu fçaches de moy toute la verité ;
Apprends que le fubjet qui me tira d'Arface,
Ne fut pas d'efpier les deffeins de la Torace:
Mais qu'vn beaucoup plus noble & plus fort mouuemēt
M'a fait venir icy fous cét habillement;
Vn mouuement d'amour, que tu croiois de hayne.

B

ALVANTE.

Vn mouuement d'amour, est céluy qui vous meine
Et pour qui?

PERSINE.

Pour celuy qu'on attend auiourd'huy.

ALVANTE.

Vous auez de l'amour pour Mustapha?

PERSINE.

Pour luy.

ALVANTE.

Helas! qu'ay-ie entendu, quelle est vostre pensee?
Et depuis quand vostre ame est elle ainsi blessee?

PERSINE.

Le Soleil a desia deux fois dedans les Cieux,
Rallume le courroux du Lion furieux,
Depuis le iour fatal que l'amoureuse flame
Passa dedans mes yeux pour consommer mon ame.
De te dire à present d'où s'alluma ce feu,
Ou comment ie fus prise, il importe fort peu:

Aluante sois content de sçauoir que ie l'ayme,
Et que s'il l'en faut croire, il me cherit de mesme.
Si bien que pour donner à ce cœur langoureux,
Le doux soulagement d'vn regard amoureux,
Et sçachant en ce lieu son heureuse venuë,
I'y vins auec toy seul, & sans estre connuë;
C'est donc luy que i'attends, luy dont ie veux tirer,
Les effets de la foy qu'il m'a voulu iurer:
Car mon tourment s'accroist plus l'Hymen se differe,
Et plus l'Hymen retarde, & plus i'en deses̃pere,
C'est Aluante en vn mot ce que ie me promets,
Et voilà, tu connois mon secret desormais.

ALVANTE.

O fille sans esprit! pardonnez moy Madame
L'excez d'affection qui me transporte l'ame:
Par qui vous estes vous laissée ainsi charmer?
Quelle amour est-ce là? quelle façon d'aimer?
Pouuez vous voir ainsi vostre gloire fletrie
Et violer la foy deuë à vostre patrie?
Suiuez vous deguisée, auec tant de fureur,
Vn ennemy qui n'a pour vous que de l'horreur?
Sçauez vous pas qu'ils ont en ce païs infame,
Le serment dans la bouche & le parjure en l'ame?

B ij

Ainſi tout glorieux de vous manquer de foy,
Il ira triomphant de la fille d'vn Roy!
Pouuez vous donc ſouffrir cette infamie extreſme,
D'aller de voſtre honneur luy faire offre vous meſme?
Vous meſme à voſtre honneur en vain & ſans raiſon,
Vous ferez ſans rougir ſi lâche trahiſon?

PERSINE.

Que cela deſormais, amy, ne te ſoucie,
Ie reconnois ton zele & ie t'en remercie :
I'approuue tes raiſons, i'approuue ta bonté,
Mais ie ne ſçaurois plus changer de volonté :
L'Amour me le deffend, & me donne aſſeurance,
Que ce Prince mieux né ſera plein de conſtance :
Car ſi des Caualiers gardent ſi bien leur foy,
Que doit faire celuy dont ils prennent la loy?

ALVANTE.

Ie veux qu'il ſoit fidelle, & plein de courtoiſie.
Auiourd'huy que ſon pere auec toute l'Aſie,
Au milieu de la guerre eſt en ſa Maieſté,
Et par tout l'Vniuers ſe void ſi redouté,
Sans craindre le ſuccez de ſon outrecuidance,
Ozera-t'il traiter d'vne telle alliance?

Non, ne le croyez pas: changez donc de deſſein,
Et voyez mes raiſons d'vn iugement plus ſain:
Car Madame, eſcoutez encore vne parole,
Si vous n'abandonnez cette entrepriſe fole,
Ou ne la reſeruez, à quelque temps meilleur,
Puiſſé-ie eſtre trompé, ie vous predis mal-heur.

PERSINE.

Toutes ſortes de maux me ſeront agreables,
Et les tourmens d'Amour ſont bien moins tolerables.

ALVANTE.

On vient. Fuyons; le Ciel releue ta vertu!

PERSINE.

Helas de trop d'ennuys mon cœur eſt abbatu.

SCENE QVATRIESME.

LA REINE. SELINE.

LA REINE.

I'Ignore en quel endroit mon pié douteux me guide,
Au trouble des penſers qui me rendent timide.

SELINE.

Ceux qui renferment mieux leurs penfers au dédans,
Sont Madame, à la Cour tenus les plus prudens:
C'eft pourquoy ie voudrois, qu'auecques plus d'adreffe,
Vous retinßieʒ couuert le tourment qui vous preffe,
Modereʒ voftre plainte, vfeʒ d'vn doux accueil,
Enuers cét ennemy, bouffi de tant d'orgueil:
Enfin n'oublieʒ, rien qui vous rende crôiable,
Alors qu'aupres du Roy vous le rendreʒ coupable.

LA REYNE.

Hé comment receuoir auec vn doux accueil,
Vn qui mettra mon fils, & moy-mefme au cercueil?
Comment ayant le cœur en guerre, & dans l'orage,
Montreray-ie la paix, & le calme au vifage?

SELINE.

Mais voftre inimitié du moins fe doit cacher,
Voiant que Soliman l'ayme & le tient fi cher;
Feigneʒ de luy porter vne amitié femblable,
Vous en fereʒ au Roy d'autant plus agreable,
Et par là vos difcours auront plus de credit,
Plus on ayme quelqu'vn, plus on croit ce qu'il dit.

LA REYNE.

Ha! Seline, vn temps fut que ie pouuois bien croire
Que le Roy m'esleuoit à ce degré de gloire :
Mais maintenant helas! & c'est là mon tourment,
Il n'est plus embrazé d'vn feu si vehement.

SELINE.

Que dites-vous, Madame, & quel nouuel indice
Tesmoigne qu'enuers vous son feu se refroidisse ?

LA REYNE.

Celui-cy iustement qu'il m'en donne ce iour,
Ayant pour Mustapha tant d'estime & d'amour ;
Car il m'apprend assez, qu'au Sceptre il le destine,
De Selin, & de moy, meditant la ruine.
Qu'en vain sur son amour ie fonday mon espoir,
Ie commence, & trop tard, à m'en apperceuoir :
Son amour qui me fit, par vn dessein contraire,
Garder ce second fils auprés du Roy son Pere,
Au lieu de l'exposer, le sauuant de la mort,
Ainsi que ie fis l'autre, à la mercy du Sort.
Ie creu que Soliman espris de cette flame,
Que Circasse estant morte, il eut pour moy dans l'ame,

Me lairroit de ses feux vn tesmoignage entier,
En choisissant ce fils pour vnique heritier.
Mais bien loin de regner, ie connois à cette heure,
Qu'il faudra qu'auec moy le miserable meure.

SELINE.

Oüy, si vous n'essaiez auec la mort d'autruy,
De destourner ce mal, & de vous & de luy.
Donc pour y paruenir, vsez d'art & de ruse,
Pour viure, & pour regner, tout se fait, tout s'excuse.

LA REINE.

Je te croiray, Seline, & veux dés auiourd'huy,
Commencer à le perdre, & me tirer d'ennuy.

Fin du premier Acte.

ACTE II.
SCENE PREMIERE.

SOLIMAN, MVSTAPHÁ, ACMAT,
RVSTAN, OSMAN.

SOLIMAN.

I E vay prier les Cieux de nous estre propices:
Toy, vas à nostre camp dessous de bõs auspices,
Et dessus tes Soldats prens l'absolu pouuoir,
Qu'vn General d'armée y doit tousiours auoir.
Si le moindre repos à ta valeur fait peine,
Dés la pointe du iour couure toute la plaine,
Commence de marcher contré les ennemis,
Et conduis les Soldats qu'à tes soins i'ay commis:
Ie te suiuray de prez auec vne autre armée,
Et bien-tost leurs projets s'en iront en fumée.

C

MVSTAPHA.

Derechef ie rends grace à voftre Majefté
D'vn honneur que ie fçay n'auoir point merité :
Le pouuoir qui me vient de cette main augufte
Ne fouffrira iamais rien de lafche ou d'iniufte :
Mais deffous la faueur d'vn Prince fi guerrier,
I'efpere veoir fleurir la Palme & le Laurier :
Combatant pour vn Roy remply de tant de gloire
Me pourroit-on rauir l'honneur de la victoire ?
Pleuft aux Cieux feulement que voftre Majefté
Commift toute la guerre à ma fidelité,
Et que fe referuant au bien de cét Empire,
Elle aimaft le repos que fon âge defire,
Et non pas toutesfois fans imiter le cœur,
Qui ne bouge & partout efpanche fa vigueur.

SOLIMAN.

Tu m'affeures, mon fils, en tenant ce langage,
De ton affection, & de ton grand courage :
Mais ie ne puis vouloir que ce que i'ay voulu,
L'ordre qu'on doit tenir eft defià refolu,
Et ie ne trouue point d'entreprife honnorable,
Qu'alors qu'vn Roy prefent la rend plus venerable,

Et delà, les combats qui sont gagnez par nous,
Comme œuures de nos mains, nous en semblẽt plus doux.
Va donc trouuer l'armée, & fay ce que i'ordonne:
Cependant que le Ciel de Lauriers t'enuironne!
Acmat, suiuez-le au camp, & luy monstrez ses gens,
Et que pour le retour vos pas soient diligens.

MVSTAPHA.

Ie prens congé, grand Prince, & cours auecque ioye,
Oule vouloir d'vn Pere & le Destin m'enuoye.

SOLIMAN.

Encore vn coup, sois tu tousiours victorieux!
Ie vais exprés au Temple en coniurer les Cieux.

RVSTAN.

Aille apres qui voudra : demeure, Osman, demeure.

SCENE DEVXIESME.
RVSTAN, OSMAN.
RVSTAN.

A Vant que ie le souffre il faudra que ie meure,

C ij

OSMAN.

Mon Maiſtre qu'auez-vous ?

RVSTAN.

Ah ! c'eſt trop r'animer
Le feu dont contre luy ie me ſens enflamer.
Qu'en dis-tu, cher Oſman ? vn nouueau venu prendre
Le premier rang d'honneur ou ie deuois pretendre?
Quelle preſomption & ſurquoy ſe fonder ?
Quel merite ſi grand le peut recommander?
Nous partageons l'honneur d'vne meſme famille,
Il eſt le fils du Roy, moy, l'eſpoux de ſa fille :
Pourquoy donc s'vſurper, & prendre inſolemment
Vn pouuoir qui n'eſt deu qu'à Ruſtan ſeulement?
Mais non, n'en parlons plus, i'en auray la vangeance :

OSMAN.

Voſtre colere eſt iuſte, & grande ſon offence,
Et cecy peut encor aigrir voſtre douleur,
Que vous auez vous-meſme ourdy voſtre mal-heur :
D'auoir fait que chacun, comme i'ay fait moy-meſme,
Vantaſt à Soliman ſon merite ſupreſme ;
Sans doute ces diſcours, contre voſtre deſſein,
Ont ietté plus d'amour que d'enuie, en ſon ſein.

RVSTAN.

Ainsi le plus souuent la Fortune mesprise,
De faire reüßir vne sage entreprise :
Mais ie mespriseray moy-mesme ses mespris.
Allons: que le conseil promptement en soit pris:
Toy, vas voir prés du camp, comme tout s'y dispose,
Là considere bien iusqu'à la moindre chose,
Ce qu'on fait, ce qu'on dit, enfin rapporte moy
Quelque apparent subjet de soubçonner sa foy.
Vas, reuiens bien instruit ; Mais i'apperçoy la Reyne.

SCENE TROISIESME.

SELINE, LA REINE, RVSTAN.

SELINE.

Ais, Madame, c'est estre à soy-mesme, inhu-
maine:

LA REINE.

Tais-toy, voicy Rustan: ie te treuue à propos
Pour en parler ensemble, & me mettre en repos.

RVSTAN.

Madame, dans l'eſtat que nous voyons l'affaire,
Bien plus que le diſcours l'effet eſt neceſſaire.
Ie m'en allois vers vous afin d'en conferer,
Et reſoudre ſa mort ; mais ſans plus differer.

LA REINE.

Et c'eſt là iuſtement le point qui me tourmente ;
Car ſa mort d'vne part le ſalut nous preſente,
D'autre part la pitié m'attendrit tellement,
Que ie ne ſçaurois preſque y penſer ſeulement.

RVSTAN.

Dieu qu'eſt-ce que cecy ? qu'ay-ie entendu Madame ?
Vn mouuement ſi foible eſbranle vne telle ame ?
Le ſon de quelques mots agreables & doux,
Vous a fait relaſcher d'vn ſi iuſte courroux ?
Auez-vous oublié que s'il ne perd la vie,
La vie & la couronne à vous meſme eſt rauie ?

SELINE.

Ah Madame ! pluſtoſt qu'il meure mille fois.

LA REINE.

Ie voy bien ce danger, & ie vous le diſois,

Que s'il viuoit, la mort nous estoit asseurée:
Mais soit pour quelque temps sa perte differée.

RVSTAN.

Pour quelque temps, Madame? Ah! seulement ié crains
Que desià nos efforts ne soient foibles & vains:
Helas que pouuoit-il nous arriuer de pire?
Et que luy reste-t'il pour obtenir l'Empire,
Et nous faire mourir d'vne cruelle mort,
Chef d'vne telle armée, & se voyant si fort?

LA REINE.

Las que me dites vous? Chef ! & de quelle armée?

RVSTAN.

Quoy vous n'en estes pas encor mieux informée?

LA REINE.

Ie n'en ay rien apris.

RVSTAN.
    Vous ne sçauez donc pas
Qu'il a sous son pouuoir presque tous nos Soldats?
LA REINE.
Est-il donc vray!

RVSTAN.

Que trop: iugez donc à cette heure
S'il est bon qu'imparfaict nostre dessein demeure;
Vn Sceptre rarement s'arrache aux mains d'autruy,
Quand la force & le fer luy sert de ferme appuy.

LA REINE.

Donc en tant de façons, ô Destin plein d'enuie,
M'ostes-tu les moyens de me sauuer la vie ?
Comment n'a peu le Roy preuoir vn si grand mal ?
Mais tires-nous Rustan, de ce danger fatal.

RVSTAN.

En ces octasions la meilleure deffense,
C'est qu'il faut par esprit rompre la violence.

LA REINE.

Ie veux à ce subjet seulement dire au Roy
Les soupçons qui pour luy me donnent de l'effroy ;
Affin que subuenant à sa propre disgrace,
Il nous deliure aussi du mal qui nous menace.

RVSTAN.

C'est le meilleur moyen que nous puissions tenir.

LA

LA REINE.
Allons donc le treuuer : mais le voicy venir.

SCENE QVATRIESME.

LA REINE, SOLDATS, SELINE,
SOLIMAN, RVSTAN.

LA REINE.

SOldats, où va le Prince ?

SOLDATS.

Au Palais, grande Reyne.

LA REINE.

Arrestez-vous icy. Dieu quel soucy le gesne !

SELINE.

Madame, ayez bon cœur, tout vous vient à souhait :
Ce trouble obscurcira la verité du fait.

LA REINE.

Seigneur, que le Destin tousiours plus fauorable
Vous comble d'vn bon-heur qui soit incomparable.

D

SOLIMAN.

Il le peut, s'il le veut : Mais qui vous meine icy ?

LA REINE.

Vous connoissez, Seigneur, mon amoureux soucy,
Et que ie ne vy pas si ie ne vous contemple :
Si bien que pour vous voir ie m'en allois au Temple :
Auec dessein aussi que nos vœux innocens
Estant vnis ensemble, en fussent plus puissans ;
Mais, Seigneur, de quel mal auez vous l'ame attainte ?
Quelles sont vos douleurs, vos soins, ou vostre crainte ?

SOLIMAN.

Madame, ie sçay bien que vostre affection
A droit de s'enquerir de mon affliction ;
Mais il est mal-aysé qu'vn autre puisse entendre
Ce que ie ne puis pas moy-mesme bien comprendre.
Je suis triste, ie crains, & ie ne sçay pourquoy,
Ny quel trouble importun s'est emparé de moy.

SELINE.

Prenez le temps, Madame.

LA REINE.

Hé que dites-vous, Sire !

SOLIMAN.

Ce qui n'eſt que trop vray.

RVSTAN.

Quand le Ciel veut predire
Quelque eſtrange mal-heur, il ſe ſert quelquefois
Du langage ſecret de ces muettes voix.

SOLIMAN.

Quoy qu'il puiſſe arriuer, Ruſtan, vn tel preſage
Peut troubler, mais non pas abbatre mon courage.

LA REINE.

Mais l'homme ſage doit toute choſe tenter
Pour connoiſtre ſon mal, afin de l'euiter:
Qui craint que dedans peu ſon naufrage n'arriue,
A recours promptement à la prochaine riue.
Qui ſçait ſi l'Empereur ſucceſſeur des Latins,
Las d'eſprouuer touſiours de contraires deſtins,
N'auroit point eſpié le temps de voſtre abſence,
Pour entrer auiourd'huy le plus fort dans Biſance?
Si l'air de ce climat ou de cette Cité,
Ne pourroit pas enfin nuire à voſtre ſanté?

D ij

Ou bien si combattant auecques trop d'audace,
Quelque danger helas ! de mort ne vous menace?
Si bien que retournant en Thrace seulement,
Ce presage seroit sans nul éuenement.

SOLIMAN.

Il faut bien que d'ailleurs vienne quelque infortune,
Ie ne suis pas troublé d'vne crainte commune:
La Thrace est trop puissante, & i'ay le cœur trop fort,
Pour craindre, elle à present l'ennemy, moy la mort.

LA REINE.

Sire, c'est bien conclurre, & i'apperçoy moy-mesme
Vne autre occasion de ce peril extresme.
Helas ! seroit-il vray !

SOLIMAN.

Pourfuiuez hardiment.

LA REINE.

Peut-estre crains-je à tort, quoy qu'auec fondement.

RVSTAN.

A l'heure qu'il s'agit du salut d'vn Monarque,

On craint auec raiſon deſſus la moindre marque.

SOLIMAN.

Madame, parlez donc :

LA REINE.

Ie crains qu'vn ſcelerat
N'ait tramé deſſus vous quelque noir attentat,
Et par voſtre treſpas n'occupe cét Empire,
Ou ſon ambition depuis long-temps aſpire.

SOLIMAN.

Qui ſeroit ſi hardy ?

LA REINE.

Qui ſe ſent le plus fort :
Celuy dont vous deuriez attendre moins ce tort ;
L'injuſte Muſtapha.

SOLIMAN.

Muſtapha ?
LA REINE.
C'eſt luy-meſme.
Pourquoy vous troubler tant, & deuenir plus bleſme!

Ie n'en asseure pas, i'en douté seulement :
Mais certes cette peur me trouble extrememe~t.

RVSTAN.

Peut-estre cette peur n'est que trop raisonnable,
Sire, i'en conceuois vne toute semblable.

SOLIMAN.

Qui de luy, iustement ces soupçons peut auoir?
Et comment me peut-on les faire conceuoir?

LA REINE.

Sire, voyez-vous pas cette valeur guerriere,
Combien elle luy rend l'ame hardie & fiere,
Et tant d'autres vertus veritables ou non,
Qui donnent dans la veuë, & font bruire son nom?
Ouy, vous les voyez bien, & voyez trop peut-estre,
Puis que mesme il vous plaist si bien les reconnestre,
Et que vous les aymez, par vn aueugle erreur,
Au lieu que vous deuriez les auoir en horreur :
Considerez de plus cette humeur liberale,
Et cette courtoisie à tout le monde esgale :
Ne croit-il pas par là meriter d'estre Roy?
N'est-ce pas par cet art qu'on tire vn peuple à soy?

Si bien qu'il est certain que ses desseins sinistres
Ne manqueront iamais de damnables ministres:
Et puis vous sçauez bien que le peuple souuent
Aueugle a plus d'amour pour le Soleil leuant.
Mais de plus qui pourroit nous donner asseurance
Qu'il n'ait auec Tamas eu quelque intelligence,
Quand sous vn faux pretexte errant comme incon
Il fut chez les Persans en prison retenu?
Ce fut peut-estre alors qu'il trama vostre perte,
Et qu'au Prince ennemy son ame fut ouuerte :
Peut-estre il luy promit vn bon-heur eternel,
S'il vouloit seconder son dessein criminel:
Et tant de messagers, & de courses diuerses,
Dont il feint d'espier l'intention des Perses,
Pour moy ie les soupçonne, & crois auec raison
Qu'ils sont les instruments de cette trahison :
Et si iusques icy l'issuë en fut remise
Les forces luy manquant à si haute entreprise:
Desormais qu'il se void la puissance en la main ;
Il l'executera du iour au lendemain.

SOLIMAN.

Tant s'en faut, ce pouuoir est vn tres-seur remede,
On ne desire plus le bien que l'on possede.

LA REINE.

Mais, Seigneur, vous sçauez ce que c'est du pouuoir,
Que tant plus on en a, plus on en veut auoir.

RVSTAN.

Certes, Sire, voila de grands subjects de crainte:
Mais repensez encore à cette bonté feinte,
Qui luy faisoit tantost rechercher ardemment,
D'auoir tous vos soldats sous son commandement:
Que pretendoit-il faire auecques deux armées,
Sinon tenir la Thrace & Bisance opprimées?

LA REINE.

A-t'il donc tesmoigné tant de temerité?
Ah! que doutons nous plus de cette verité?
Seigneur, qui vous retient? helas! sans le connaistre,
Vous vous precipitez aux lacs que tend vn traistre:
Si vous ne nous croyez, croyez-en pour le moins
Ces voix de vostre cœur, muets, mais vrais tesmoins.

SOLIMAN.

Ne vous tourmentez point: j'y penseray, Madame,
Et vos sages aduis prendront place en mon ame.

Re-

Retournons là dedans. O celeste bonté!

LA REINE.

Allons, mais qu'il souuienne à vostre Majesté
Qu'on ne sçauroit trop tost preuoir à son dommage.

SOLIMAN.

C'est assez dit, Allons.

RVSTAN tout bas à la Reyne.

Prenons, prenons courage.

✤✤✤✤✤✤✤✤✤✤✤✤ ✤✤✤✤✤✤✤✤✤✤✤✤

SCENE CINQVIESME.

PERSINE. ALVANTE.

PERSINE.

ALuante est donc en fin émeu par mes discours
Et prend compassion de mes tristes amours.

ALVANTE tout bas ces deux vers seulement.

Pour guerir vn amant de sa melancolie,
Il faut faire semblant d'approuuer sa folie.

E

34   Le Soliman,

Ouy, ie me sens vaincu; Qui pourroit resister
A ce Dieu si puissant, & qui sçait tout donter?
Suiuez donc seulement l'histoire commencée,
Et puis sur ce sujet i'ouuriray ma pensée.

PERSINE.

Ainsi tousiours le Ciel te soit propice & doux!
Suiuant donc cette audace ordinaire entre nous,
Ie m'habille en Guerrier, & contre la Scythie,
Conduis de nos Soldats la meilleure partie,
Et cependant qu'vn iour i'allois à petit bruit,
Cherchant vn lieu commode ou nous camper la nuit:
Voila, nous descouurons, dans vn bois assez sombre,
Vn Guerrier qui marchoit à la faueur de l'ombre;
Et qui s'auance enfin ou le champ plus ouuert,
De l'ombrage du bois n'estoit pas si couuert.
Là de nous il fut joint, & quoy que l'apparence
Ne nous fist remarquer aucune difference,
Qu'il fust armé de mesme & parlast comme nous,
Pour ennemy pourtant il fut iugé de tous:
I'ordonne qu'on l'arreste, on court à l'instant mesme,
Luy ne s'estonne point dans ce peril extresme,
Mais l'espée à la main, il se vient presentant,
Et fait teste à tous ceux qui le vont combattant;

Il frappe, tuë, abbat, & donne trop à croire
Que le nombre tout seul empeschoit sa victoire,
Il resiste pourtant, & d'vn accent plus fier,
De ces mots menaçans les ose défier:
Oüy, poltrons ie mourray puis que le Ciel l'ordonne;
Mais ie vous vendray cher mon sang & ma personne:
Son courage, son fort, ces mots, cette action,
Firent naistre en mon cœur de la compassion:
Ie cours où le combat plus violent se montre,
Et iustement i'arriue (agreable rencontre)
Lors que de mille coups son armet entr'ouuert,
Se lasche & laisse voir sa face à descouuert:
Tel qu'apres maint éclair & le bruit du tonnerre,
Le Soleil apparoist plus riant à la Terre,
Tel brilla ce visage en cét heureux moment;
Mille rayons de feu luy seruoient d'ornement,
Et son œillade estoit de tant d'attraicts pourueuë,
Que tout au mesme instant il m'esblouït la veuë,
Et me remplit le sein d'vne telle amitié,
Qu'aussi-tost elle change en amour ma pitié.
Ainsi pour le tirer de ce peril extresme,
Ie luy fais contre tous vn bouclier de moy-mesme;
Et crie à mes soldats, d'vn accent de courroux,
Qu'ils appaisent leur rage & retiennent leurs coups;

Puis retournant mes yeux dessus son beau visage,
D'vn ton plus gratieux ie luy tiens ce langage:
Veuillez, braue guerrier nous ceder deformais,
Receuez de nos mains & la vie & la paix,
Et si de nous ceder vous auez quelque honte,
Cedez du moins au sort, c'est luy qui vous surmonte :
Si vous ne desdaignez la fille d'vn grand Roy,
Soyez son seruiteur & vous rendez à moy,
A moy qui suis Persine: à ceste voix derniere
Ie leue mon armet, ie hausse ma visiere ;
Il me contemple, il tremble, vne morne pâleur
Luy dérobe, & luy rend sa vermeille couleur ;
Et toutes deux cent fois partagent son visage ;
Puis souspirant au Ciel, il luy tient ce langage ;
O Dieu que puis-je plus! i'apperçoy mon vainqueur
Oüy, Madame, ie rends & l'espée & le cœur,
Tous deux ils sont à vous ; là rompant sa harangue,
Il commit à ses yeux l'office de sa langue,
Ses yeux où ie lisois auec contentement
Les secrets qu'il n'osoit me dire ouuertement:
Voila quand & comment mon amour prit naissance,
Or entends maintenant comme elle prit croissance :
Et puis tu iugeras par quel heureux chemin
Elle doit deformais paruenir à sa fin.

ALVANTE.

Qu'vne amour née en guerre & parmy les alarmes,
N'attende que la mort, & des subjets de larmes.

PERSINE.

Pourquoy vas-tu troublant de presages de mort
Le fortuné succez, que i'espere du sort?

ALVANTE.

I'apprehende pour vous, parce que ie vous ayme,
Et ne vous nuirois pas, non pas du penser mesme.

PERSINE.

Escoute donc comment s'auança mon amour:
Estant auecque luy vers mon camp de retour,
Ie le presse instamment de me faire connaistre
Son nom, & ce qu'en fin le Ciel l'auoit fait naistre,
Luy iurant de garder, quel que fust son secret,
L'inuiolable foy d'vn silence discret;
Et de plus luy donner, si c'estoit son enuie,
Entiere liberté, non seulement la vie:
Lors il me declara qu'aux Scythes inçonnu,
Iusqu'où nous l'auions pris, seul il estoit venu:

Qu'il pretendoit de là, voir le pays des Perses,
Pour connestre des lieux les aßiettes diuerses ;
Qu'encor qu'il pratiquast ce dangereux métier,
De la Thrace pourtant il estoit l'heritier :
Ioyeuse de sçauoir vne telle merueille,
Ie preste à ses discours vne attentiue oreille,
Rien ne m'asseurant mieux qu'il n'estoit pas menteur,
Que faisoit mon desir, amoureux & flatteur :
Apres ces mots s'accroist le feu qui me tourmente,
Car l'amour entr'égaux facilement s'augmente ;
Et lors ie reconnois, quoy qu'il n'en dise rien,
Que son brasier n'est pas moins ardent que le mien :
Comme d'vne autre part, encor que ie me taise,
Il reconnoist außi mon amoureuse braise :
Car des cœurs enflammez, d'vn mutuel desir,
S'expliquent d'vne œillade & du moindre soûpir.
Nous fusmes quelque temps dans cette violence ;
Mais il fut le premier qui rompit le silence,
Et qui me descouurit sa flame en peu de mots,
Mais mots entreçoupez de pleurs & de sanglots :
Croyant qu'vn iour apres le decez des deux Princes,
Cela pourroit causer la paix dans nos prouinces,
D'vn esprit balancé de honte & de plaisir,
Ie l'escoute, me tais, approuue son desir,

Et lors entre nous deux fut la foy d'hymenee,
Le Ciel pris à tesmoin, secrettement donnée:
Cependant le Tartare en Perse descendit,
Tu sçais comme le Sort à ses vœux respondit;
Si bien que dans vn fort tristement retirée,
De mon aymable espoux ie me vis separée,
Qui depuis me manda par vn moyen secret,
Qu'il estoit retourné dans la Thrace à regret,
En attendant le temps & l'heureuse tournee
Que nous verrions l'effet de cette foy donnee,
Dont voilà, cher Aluante, & la cause, & la fin:
Ce qui m'ameine icy tu l'as sceu ce matin.
Donc puisque incessamment vn peuple l'enuironne,
Et que ie ne sçaurois luy parler en persone:
Si tu ressens pour moy quelque peu d'amitié,
Si, comme tu disois, mon feu te fait pitié,
Declare maintenant ce qu'il faut que ie fasse.

ALVANTE.

Vous pourriez esmouuoir vn naturel de glacè:
Oüy, ie vous veux ayder, & par cette action
Vous tesmoigner l'ardeur de mon affection:
Quel soin plus glorieux me pouuiez vous commettre!
Ie vay porter au Prince & la fueille & la lettre:

Au cas que sans roder icy tout alentour,
Vous irez au logis attendre mon retour.

PERSINE.

O mon amy fidelle, ô pere secourable,
Qu'à tes vœux, derechef le Ciel soit fauorable!
Tiens, auecque la lettre ou dans peu de discours,
Je reclame son ayde à mes longues amours,
Ce papier blanc signé que ie pris à mon Pere:
Qu'il reçoiue dans luy la Perse de doüaire,
Car il le peut remplir de ce qu'il luy plaira,
Et dessous ce cachet tout le monde plira.

ALVANTE.

Allez, & ie feray tout ce qu'il faudra faire.

PERSINE.

Je m'en vay, daigne Amour conduire cette affaire.

SCENE

* * *

SCENE SIXIESME.

ALVANTE, OSMAN.

ALVANTE.

Doncques est-il poßiple! ô Dieu quelle fureur!
Puis-je estre encore en vie à cét objet d'horreur!
OSMAN sans estre apperceu,
Comme tousiours le sort destruit ce que ie tente,
Mais quel nouueau visage à mes yeux se presente!

ALVANTE.

Mustapha, nostre Roy!

> S'il espousoit persine, mais Osman le prend à la lettre.

OSMAN.

C'est quelqu'vn de ses gens,
Et sans doute quelqu'vn de ses nouueaux agens.
Escoutons-le.

ALVANTE.

Et pour luy trahir ainsi son pere!
Son pere! & son Royaume!

OSMAN.

O fortune prospere!

F

ALVANTE.

Me croire l'inſtrument de ſa lâche fureur!
Comment pûſt ſon eſprit tomber dans cette erreur!
Moy porter ces papiers où ta honte eſt encloſe!
Ne permette le Ciel que ie me le propoſe.
Voila comme i'auois deſſein de les porter,
Lors que ie te promis de les luy preſenter.

Il les
deſchire.

OSMAN.

Comme il eſt diſparu la colere l'emporte!
Encor ſi ces papiers deſchirez de la ſorte,
Par quelques mots entiers me rendoient éclaircy,
De ce dont en fuyant il me laiſſe en ſoucy;
Mais qu'eſt-ce que ie voy! Dieu l'heureuſe auanture!
C'eſt du Prince ennemy la propre ſignature!
C'eſt ſon propre cachet qu'il nous vient à ſouhait!
Ie m'en vais à Ruſtan expoſer tout le fait;
Il eſt bien ſi ruſé qu'en ce peu de matiere,
Il treuuera ſubiect d'vne ruine entiere.

Fin du ſecond Acte.

ACTE III.
SCENE PREMIERE.

PERSINE. ALVANTE.

PERSINE.

LE Traistre a donc commis cette infidelité,
Aluante que dis-tu ?

ALVANTE.

Ie dis la verité.

PERSINE.

O trois & quatre fois Persine infortunée,

ALVANTE.

D'autant plus qu'oubliant la promesse donnée,

F ij

L'impatiente ardeur de voſtre ieune amour
Vous a fait ſi ſoudain preuenir mon retour,
Pour apprendre plutoſt ceſte triſte nouuelle.

PERSINE.

Ie n'ay donc plus de part à ce cœur infidelle :
Ie ſuis doncques trahie, & mon chaſte deſir
N'obtiendra pour tout fruit qu'vn honteux deſplaiſir?
En vain ie prends les noms & d'Eſpouſe & d'Amante,
Puis qu'on fait vn peché de ma flame innocente :
Mais qu'eſt-ce que tu dis à ce cœur inhumain?

ALVANTE.

Quand ie vis ces papiers déchirez de ſa main,
Ah ! grand Prince, luy dis-je, eſt-ce donc de la ſorte,
Que vous reconnoiſſez vne amitié ſi forte?
N'eſtimez vous donc rien qu'elle ait quitté pour vous,
Tout ce qu'en ſon païs elle auoit de plus doux?
Que ſans aucune ſuitte, & comme vne inconnuë,
Elle ſoit pour vous voir en ce lieu cy venuë?
Qu'elle ait eſté rebelle à ſon pere, à ſon Roy,
Pluſtoſt que de ſouffrir de vous manquer de foy?
Comment eut elle mieux contenté voſtre enuie,
Qu'en vous liurant ſon cœur, ſon Royaume, & ſa vie?

Seigneur, par voſtre honneur, & par cette clarté,
Que vous n'ignorez pas tenir de ſa bonté,
Daignez preſter ſecours à cette infortunée,
Et donnez luy la vie, elle vous l'a donnee;
Aimez donc qui vous aime, & luy gardez la foy.

PERSINE.

Ce diſcours, ſage Aluante, eſtoit digne de toy:
Mais que dit-il?

ALVANTE.

D'vn cris de meſpris, & de rage,
(Car ces mots viuement piquerent ſon courage)
M'oſes-tu bien, dit-il, faire reſſouuenir
D'vne foy que iamais ie n'ay voulu tenir?

PERSINE.

O Ciel!

ALVANTE.

Et puis, dit-il, par vn pouuoir magique,
Et par cette ſcience en Perſe ſi publique,
Elle m'auoit alors empoiſonné le cœur,
Qui depuis grace au Ciel a repris ſa vigueur.

Et si de son honneur faisant si peu de conte,
Elle foule à ses pieds toute sorte de honte:
Je ne suis pas d'aduis de suiure ceste loy,
Et ce seroit mal fait qu'vn Prince comme moy,
Prist en affection,& moins en hymenée,
Vne fille dont l'ame est si desordonnée:
Partez, doncques tous deux dans vne heure d'icy,
Ou n'attendez, de moy ny grace, ny mercy;
Son visage à ces mots paroissant tout de flame,
Me ietta l'espouuante & l'horreur dedans l'ame,
Et ma langue & mon cœur resterent si confus,
Qu'aussi-tost ie m'enfuys sans luy repliquer plus.

PERSINE.

O Ciel! injuste Ciel! que fais-tu de ta foudre?
Laisses-tu les meschants sans les reduire en poudre?

ALVANTE.

Quoy qu'elle ait à souffrir de ce contrepoison,
Il n'importe, pourueu qu'il soit sa guerison.
Madame, il n'est plus temps desormais de se plaindre,
Craignons pour nostre vie:
PERSINE.
Hé! que puis-je plus craindre,

Si sans chercher ailleurs ce dernier reconfort,
Ie suis preste moy-mesme à me donner la mort?

ALVANTE.

L'excez de la douleur vous trouble & vous surmonte,
Vostre mort ne feroit qu'augmenter vostre honte.

PERSINE.

Mais elle amoindriroit vn si fascheux tourment.

ALVANTE.

Vn inuincible cœur endure constamment.

PERSINE.

Viuray-je donc apres vne si grande offense?

ALVANTE.

Oüy, car c'est le moyen d'en tirer la vengeance:
Quittons donc ce pays, & si cét inhumain
Montre auoir maintenant vostre amour à desdain,
Qu'il vous trouue au retour sa mortelle ennemie,
Et dans son propre sang laue son infamie:
Allons, pour reuenir auec tant de soldats,
Que nous mettions sa teste & son orgueil à bas.

PERSINE.

Allons, c'est la raison que l'amoureuse flame
Cede aux feux que la haine attise dans mon ame.
Va donc pour donner ordre à nostre partement,

ALVANTE.

I'y cours, ô d'vn tel tour l'heureux euenement!

PERSINE.

Mais quel est mon dessein, & quelle est ma pensée!
Moy-mesme plus qu'aucun ie me suis offensée:
Donc pour punir celuy qui m'a fait plus de tort,
C'est à moy seulement qu'il faut donner la mort.
Sus donc cœur imprudent, sus donc ame coupable,
Songeons à nous donner vn trespas honorable:
Mais que ce soit aux yeux de ce traistre & brutal,
Que ie voye en mourant l'objet qui m'est fatal,
Afin qu'au triste aspect d'vne fin si cruelle,
De son crime, il conçoiue vne horreur eternelle.

SCENE

SCENE DEVXIESME.

SOLIMAN, ACMAT.

SOLIMAN.

Voylà ce que ie crains, & pour me soulager,
Ie luy viens d'enuoyer en haste vn messager
Qui le r'appelle en Cour, afin que i'examine
Auec plus de loisir, ses discours & sa mine :

ACMAT.

Sire, ie suis surpris d'vn tel estonnement,
Qu'à peine puis-je icy dire vn mot seulement :
Si vous auiez peu voir auec quelle franchise,
Il a receu l'armée à sa charge commise,
Ie suis bien asseuré que vostre Majesté
Penseroit autrement de sa fidelité.

SOLIMAN.

Pour mieux executer sa trahison mortelle,
Nostre ennemy souuent prend le nom de fidelle.

ACMAT.

Mais qu'il est encor vray qu'il n'est point de poison,
Qui plus mortellement blesse nostre raison,

G

Comme de croire trop à ces soubçons iniques
Qui sont suiuis enfin de mille actes tragiques;
Partant puis que ce poinct vous est encor permis;
Sire, foulez aux pieds ces soubçons ennemis.
Quoy doncques les vertus d'vn Prince magnanime,
Ne causeront en vous que la crainte d'vn crime?
Vne miniere d'or produit-elle du fer?
Et trouue-t'on au Ciel les horreurs de l'Enfer?
Que si tant de valeur vous trouble & vous estonne,
Non que vous craigniez rien de sa propre personne,
Mais que de vos subjets estant trop bien voulu
Ils luy donnent sur eux vn pouuoir absolu;
Sçachez qu'il n'est chery d'vne amitié si forte
Qu'à cause seulement de l'amour qu'on vous porte;
Hé par qui des mortels ne seroient estimez
Ceux qui viénent de vous, & que vous-mesme aymez?
Doncques si c'est pour vous qu'on l'honore & l'estime,
Qui pour luy contre vous, voudroit commettre vn crime?
Et quoy sera-t'il dit que vostre Majesté
Ayt oublié si tost nostre fidelité?

SOLIMAN.

Soit la foy de mon peuple inuiolable & sainte:
Il me reste d'ailleurs de grands sujets de crainte,

Ce fils dénaturé joint auec les Perſans
Pour me perdre a-t'il pas des moyens trop puiſſans?

ACMAT.

Le Prince voſtre fils a l'ame trop prudente,
Pour s'embarquer ſans voir la fin de ce qu'il tente:
Hé comment combattroit l'ennemy pour autruy,
Luy qui ne peut garder ſon Royaume pour luy?
Mais qui iuſques icy de ces intelligences
A peu donner encor les moindres apparences?
Il eſt vray qu'il a veu les pays ennemis,
Mais, Sire, vous auieʒ ce voyage permis;
Vous ſceuſtes ce qu'il fit durant tout ſon voyage,
Et ſi quelque entrepriſe euſt trahy ſon courage,
Vous auriez peu bien-toſt vous en apperceuoir,
Ou quelque amy ſecret vous l'auroit fait ſçauoir:
Non, non, Sire, croyeʒ qu'vn cœur épris de gloire
Ne conceura iamais vne action ſi noire.

SOLIMAN.

Vn grand cœur touſiours monte, & ſuit audacieux
Le talent qu'en naiſſant il a receu des Cieux:
Et quoy qu'à ma couronne il doiue ſeul pretendre,
Peut-eſtre ayme-t'il mieux l'vſurper que l'attendre.

G ij

ACMAT.

Mais Sire, de sa gloire il est si fort jaloux,
Que l'on ne doit iamais apprehender pour vous
Que s'emparant ainsi d'vne chose asseurée
Il voulut perdre vn bruit d'eternelle durée:
Que vostre Majesté pense donc à cecy,
Et chasse, s'il luy plaist de son cœur, tout soucy.

SOLIMAN.

Ie commence à le faire, & sens qu'à ta parole
Mon cœur moins agité s'appaise & se console:
Vas, & s'il n'est party, retiens Geron chez toy,
Et luy dis qu'il attende vn autre ordre de moy.

ACMAT.

Grand Prince i'obeys.

SOLIMAN.

Quelle est la citadelle
Qui nous mette en repos comme vn amy sidelle?
Voila que son discours enfin m'a desgagé
Des soubçons dont mon cœur se sentoit assiegé:
Dans vne douce paix maintenant ie respire,
Et dessus moy la peur n'a plus aucun empire.

SCENE TROISIESME.

RVSTAN. SOLIMAN.

RVSTAN.

Qve voſtre Maieſté n'eſpere deſormais
A ſes triſtes mal-heurs de treſue ny de paix ;
Qu'elle appreſte la mort à ſon fils infidelle,
Et contre les Perſans vne guerre immortelle.
Sire, liſez ce mot qui vient d'eſtre arraché
Par mon fidelle Oſman, d'vn eſpion caché.

SOLIMAN.

Il s'adreſſe à mon fils ! deteſtable auenture !
C'eſt du Prince ennemy la propre ſignature !
C'eſt ſon propre cachet ! ô Ciel ſecourez nous.

RVSTAN.

Mais tout voſtre ſalut ne depend que de vous.
Sire, hâtez-vous donc ainſi que veut l'affaire,
En ces occaſions, il ſe perd qui differe.

SOLIMAN lit.

Ie n'attens pour partir que voſtre mandement.
Cette puiſſante armée eſt deſia toutę preſte.
Commencez ſeulement d'attaquer cette teſte,
Et vous ſerez par moy ſecouru promptement.

Qu'ay-je leu! mais allons aduiſer au remede:

RVSTAN.

O bien-heureux Ruſtan, que la fortune t'aide.

⁂⁂⁂⁂⁂ ⁂⁂⁂⁂⁂⁂⁂⁂⁂⁂ ⁂⁂⁂⁂⁂⁂

SCENE QVATRIESME.

MVSTAPHA. ORMENE.

MVSTAPHA.

QVe ſi le Meſſager n'eſt indigne de foy,
Au Palais de la Reine, on doit trouuer le Roy:
Voicy donc le plus court ; Mais voy-je pas Ormene
Comment m'as-tu ſuiuy bon Pere & qui t'ameine!

ORMENE.

Seigneur, i'acours à vous, & ie rends grace aux Cieux,
Qu'encore aſſez à temps ie vous trouue en ces lieux:

Certes si i'eusse esté present à ce message,
Je m'y fusse opposé ; mais de tout mon courage,
Pour la crainte que i'ay d'vn sinistre accident,
Qui dedans mon esprit se rend presque euident.

MVSTAPHA.

Que crains-tu ?

ORMENE.

l'apprehende, & non sans iuste cause,
Que l'on n'ait contre vous machiné quelque chose :
Pourquoy si promptement vous r'appeller en Cour,
Vous mandant de tenir secret vostre retour ?
A peine en sortez vous, & nous deuons bien croire,
Que Soliman n'a rien laissé dans sa memoire.
Quel desir pourroit donc rendre en si peu de temps
D'vn Roy si resolu les conseils inconstans ?
Ah ie voy les serpens qui se cachent sous l'herbe,
C'est la Reyne elle-mesme, & Rustan le superbe,
Dont la rage vomit son venin contre vous.

MVSTAPHA.

Quelle raison pourroit exciter leur courrous ?
ORMENE.
Je croy que dans Rustan vostre insigne merite
Desià depuis long-temps cette rancune excite,

Le merite à la Cour est rare & pretieux,
Et tousiours exposé pour butte aux enuieux ;
Mais ce qui plus que tout a sa rage enflamée,
C'est de voir que le Roy vous a fait chef d'armée :
Ie sçay que ce matin il ne l'a peu souffrir,
Presumant qu'à luy seul ce rang se deust offrir.

MVSTAPHA.

Et qui peut conceuoir vn courroux équitable,
Pour vn choix que chacun trouue si raisonnable?

ORMENE.

Quoy que ce qui nous nuit se fasse iustement,
On ne le sçauroit voir sans mescontentement :
Si bien que secondé du courroux de la Reine,
Il dresse à vostre vie vne embusche certaine ;
Et vous n'ignorez pas quelle iniuste raison
Peut obliger la Reine à cette trahison :
Seigneur, elle est marastre, & de plus ne demande
Que de voir chaque iour sa puissance plus grande :
Mais elle craint de vous, pour elle & pour Selin,
A leurs iours glorieux, vne cruelle fin.

MVSTAPHA.

Quiconque craint de moy quelque offense, il s'abuse :
Mais quels seroient leurs lacs? quelle seroit leur ruse?

Quelle

Quelle puiſſance ont-ils, & quel droit deſſus moy?
N'ay-je pas pour deffenſe & mon Pere, & mon Roy?

ORMENE.

Ah Seigneur, vous feignez, de ne me pas entendre,
Sçachant que le Roy ſeul ſur vous peut entreprendre,
Ils vous auront vers luy quelque crime impoſé.

MVSTAPHA.

Et dequoy Muſtapha peut-il eſtre accuſé!
Ma foy n'eſt-elle pas à mon Pere aſſez claire?

ORMENE.

Mais les ruſes & l'art que ne peuuent-ils faire?
Manquent-ils de matiere à leur ſubtilité,
Ou de fauſſe couleur à leur méchanceté?
Hé qui ſçait s'ils n'ont point deſſeigné voſtre perte
Sur cette amour, par eux, malgré nous deſcouuerte?

MVSTAPHA.

Ce ſeroit là vrayment vn deteſtable tour,
De faire reüßir leur haine par l'amour!
J'ayme, ie le confeſſe (& tu connois Ormene
Quelle eſt à ſon ſujet mon amoureuſe peine)

H

La fille de Tamas, Roy de nos ennemis,
Perſine, en qui le Ciel tous ſes threſors a mis:
Et toutesfois (permets qu'icy ie le redie)
Bien loin de me noircir d'aucune perfidie,
Si ie ne puis enfin gaigner deſſus le Roy,
Que par vn doux hymen ie dégage ma foy:
Si , dis-je, ie n'obtiens dedans cette entrepriſe,
Ou que par la victoire elle me ſoit acquiſe,
Ou bien meſme qu'eſtant des Perſes ſurmonté,
Mon Pere me la daigne offrir par ſa bonté:
Pour ne pas offenſer mon Roy pour l'amour d'elle,
Pour ne la pas trahir ny reſter infidelle,
Ie me tüeray moy-meſme , & de cette façon
Ie m'exempteray bien de blaſme & de ſoubçon.

ORMENE.

Seigneur , ſi la bonté de cette ame ingenuë,
Comme elle l'eſt au Ciel, en terre eſtoit connuë,
Ie ſuis bien aſſeuré, que ny de cette part,
Ny d'ailleurs vous n'auriez à courre aucun haẑard:
Mais quoy, l'œil des mortels ne connoiſt pas ces choſes:
Voyez donc ſi ie crains auec de iuſtes cauſes,
Et vous-meſme iugez combien il eſt beſoin,
D'apporter en ce fait, de prudence & de ſoin.

MVSTAPHA.

J'approuue ta sageſſe, Ormene, & ie l'eſcoute:
Mais ta peur apres tout, n'eſt que ſur vne doute:
Si bien que ie ne puis, ſans manquer au deuoir,
N'aller pas vers mon Pere apprendre ſon vouloir;
I'y vais, & que le Ciel m'aide ſi i'en ſuis digne.

ORMENE.

Seigneur, ne bouge, et voy qu'Adraſte i'en fait ſigne.

SCENE CINQVIESME.

ADRASTE. MVSTAPHA. ORMENE.

ADRASTE.

AH grand Prince! fuyez cette maudite Cour,
Ou l'on a conſpiré de vous priuer du iour.

MVSTAPHA.

Que veut dire, & d'où vient mon Adraſte fidelle?

ADRASTE.

Du camp, ou ce malheur vous-meſme vous r'appelle.

MVSTAPHA.

L'homme ferme & constant n'a pas le pied leger,
Et ne se trouble point sans sçauoir le danger.
Apprends moy donc deuant, ce qui te met en peine.

ADRASTE.

C'est, Seigneur, en vn mot, que Rustan & la Reine,
Pour vous perdre, ont de vous en diuerses façons,
Dedans l'esprit du Roy, jetté de faux soubçons.

ORMENE.

O de ma triste peur asseurances trop grandes!

MVSTAPHA.

Mais en es-tu certain? ou si tu l'apprehendes?

ADRASTE.

Vous n'estiez pas encor de nostre camp sorty,
Que i'en fus en secret aussi-tost aduerty:
Ainsi, Seigneur, tandis que vous le pouuez faire,
Euitez promptement son injuste colere.

ORMENE.

Fuyons, mon fils, fuyons.

MVSTAPHA.

    L'innocent est trop fort,
Il est inuulnerable à tous les traicts du fort.

ORMENE.

Mais qui se peut garder du venin de l'enuie?

ADRASTE.

Seigneur, c'est lascheté d'aymer par trop la vie,
Et de ne pas mourir à l'heure qu'il le faut:
Mais de mourir à tort, c'est vn pareil defaut.

ORMENE.

Ah Seigneur! Ah mon fils! par tes ieunes années,
Autrefois par mes soins tendrement gouuernées;
Par mon affection, par mon ardente foy,
Conserue toy, mon fils, & pour nous, & pour toy:
Fuys nostre perte à tous, fuys cette iniuste mere,
Fuys du traistre Rustan la malice ordinaire,
Euite la fureur de ce Pere irrité,
Et laisse auec le temps sortir la verité.

MVSTAPHA.

Non, ne differons plus, qui differe est coupable.

       H iij

ORMENE.

Hé mon Fils!

ADRASTE.

Entendez vn mot irreuocable;
Que le Dieu Tout-puiſſant qui punit les peruers,
Tienne deſſous mes pieds les abyſmes ouuerts,
Si ma promeſſe n'eſt de ſon effect ſuiuie:
Il vous faut, ou regner, ou bien perdre la viè: (Roy,
Mais Adraſte auiourd'huy vous ſauuè & vous fait
Et l'armée, & la Cour., tout eſt preſque pour moy:
Sus donc, qu'attendons-nous ? Le Deſtin fauoriſe
Ceux qui ſuiuent hardis vne belle entrepriſe.
Nous te declarons Roy: Compagnons criez tous,
Viue le ieune Prince.

MVSTAPHA.

Amis, que faictes-vous ?
Plutoſt, plutoſt qu'il meure.

ADRASTE.

Ah, Seigneur, quelle rage!

MVSTAPHA.

Mais dis que c'eſt l'effect d'vne affection ſage,

Qui desire empescher vos crimes par ma mort.

ADRASTE.

Mais ce remede seul détourne vostre sort.

MVSTAPHA.

Sans l'honneur qui vrayment est l'ame de la vie,
La vie est elle vn bien digne de nostre enuie?

ORMENE.

Ouy, mais si Soliman vous contraint de mourir,
Et que par tout le monde il fasse apres courir
D'vne innocente fin, vne raison infame,
Vostre mort sera-telle honorable & sans blasme?

MVSTAPHA.

Le Temps descouurira la verité du faict.

ORMENE.

Viuez donc, pour joüyr de cét heureux effect.

‚ÄĽ‚ÄĽ‚ÄĽ‚ÄĽ‚ÄĽ‚ÄĽ‚ÄĽ‚ÄĽ‚ÄĽ‚ÄĽ‚ÄĽ‚ÄĽ‚ÄĽ‚ÄĽ

SCENE SIXIESME.

MESSAGER. MVSTAPHA. ADRASTE. ORMENE.

MESSAGER.

O Seigneur, retournez, retournez à l'armée,
Ou parmy tous les Chefs la nouuelle est semée,
Que vostre teste court vn funeste danger,
Desià l'on se soûleue afin de vous vanger.

MVSTAPHA.

O de tous mes mal-heurs, le mal-heur plus extresme!
Retourne : mais retourne Adraste aussi toy-mesme,
Si iamais ta bonté me daigna secourir,
Et leur dis que ie vis.

ADRASTE.

Mais que tu vas mourir.
Pensez-vous que des gens remplis de défiance,
Aux paroles d'autruy prestent si tost creance ?
A peine voudront-ils s'en fier à leurs yeux,
Seul vous appaiserez leurs esprits furieux.

ORMENE.

ORMENE.

Si de ce cœur fidelle, & de ce grand courage,
Vous craignez que le Roy prenne le moindre ombrage.
Seigneur, vous iugez bien qu'il est plus à propos,
Que vous-mesme y mettiez la paix & le repos.

ADRASTE.

Seigneur, trouuez-vous pas cét aduis raisonnable?

MVSTAPHA.

Que trop; allons-y donc, ô Sort impitoyable!

Fin du troisiesme Acte.

I

ACTE IIII.
SCENE PREMIERE.

SOLIMAN. RVSTAN. ACMAT.

SOLIMAN.

Ourquoy s'en retourner au camp si promptemēt,
Et ne pas obeyr à mon commandement?
Non non, sa trahison n'est que trop descouuerte,
Rien ne le peut sauuer ny retarder sa perte:
Ie veux de viue force entrer dedans son camp,
Et faire qu'il y soit puny dessus le champ.

RVSTAN.

C'est de cette façon qu'vn grand Prince doit faire:
ACMAT.
Mais non de la façon que doit agir vn Pere.

SOLIMAN.

A l'endroit d'vn tel Fils, vn Pere auec raiſon
Peut oublier de Pere & l'amour & le nom.

ACMAT.

Mais il faut que du moins l'humanité le touche.

SOLIMAN.

On n'en a point enuers vne beſte farouche.

ACMAT.

On en a toutesfois ſouuent quelque pitié.

SOLIMAN.

Celuy-là ſoit hay qui n'a point d'amitié.

ACMAT.

Donc vn ſi braue Fils mourra ſans qu'on l'eſcoute?

SOLIMAN.

Quel beſoin de l'oüir ſi ſon crime eſt ſans doute?

ACMAT.

Mais quel ſigne le rend criminel comme on dit?

I ij

SOLIMAN.

Quel indice veux-tu plus clair que cét escrit?

ACMAT.

Par ma fidelité qui vous est si connuë,
Par mon affection & si pure & si nuë:
Daignez , Sire, prester l'oreille à ce propos,
Par ou ie remettray vostre esprit en repos.

SOLIMAN.

Parle donc, ie veux bien te donner audiance.

RVSTAN.

Le moindre delay, Sire, est de grande importance.

ACMAT.

Ie ne veux point icy repeter les raisons,
Qui le font croire exempt de telles trahisons.
Ie ne propose point quelque autre conjecture,
Qui me fait soubçonner la lettre d'imposture:
Et que vous entendrez , Seigneur, tout à loisir,
Lors que vous en aurez le temps & le desir.
Ie dis, que comme c'est vne subtile ruse,

Et dont entre ennemis le plus souuent on vse,
Peut-estre cét escrit vint de nos ennemis
A dessein seulement d'estre en vos mains remis:
Pour rendre vostre Fils suspect par cette adresse,
Et renuerser sur nous l'embusche qu'on leur dresse.

RVSTAN.

L'interprete subtil!

ACMAT.

Veritable pourtant:
Mais, Sire, ces soldats que l'on redoute tant,
Et par qui Mustapha vous doit faire la guerre,
Où furent-ils leuez? & quel lieu les resserre?
Puis que vos espions, qui vont par tout rodant,
N'en ont peu découurir aucun signe euident.
S'il est vray que ce soit vne inuisible armée,
Pour moy, ie la croiray de fantosmes formée,
Et qui, si vous daignez, y ietter seulement
Vn des moindres rayons d'vn si clair iugement,
Disparoistront bien-tost comme dans les lieux sombres,
A l'aspect du Soleil, disparoissent les ombres.
Vous verrez que ce camp qui nous fait tant de peur
N'est qu'vn camp fabuleux, chimerique & trompeur.

J iij

RVSTAN.

Sire, encore vne fois ie declare & protefte,
Que puis que nous vayons le crime manifefte;
C'eft auecques danger, mais danger tres-preffant,
Que l'on s'efforce en vain de le rendre innocent.
A quoy bon recourir aux fantofmes, aux fables,
Ayant entre nos mains des preuues fi palpables?
Mais puis que le fait touche à voftre Majefté,
C'eft la raifon qu'on fuiue icy fa volonté.

SOLIMAN.

En effet, cher Acmat, ie ne vous dois pas croire,
Apres ce que ie voy d'vne action fi noire :
C'eft pourquoy ne pouuant demeurer affeuré,
Et laiffer impuny ce fils dénaturé,
Ie veux que les horreurs de fa mort criminelle,
Apprennent à chacun à m'eftre plus fidelle.

ACMAT.

O Sire! qu'il fouuienne à voftre Majefté,
Du mal qui peut venir d'vn confeil trop hafté.
Faut-il qu'vn Roy fi fage, & fi plein de clemence,
Condamne à mort fon Fils fans oüyr fa deffence !

Son Fils, dis-je, ô doux nom qui marque le lien
Que la Nature a mis de voſtre ſang au ſien.
Les eſcadrons des Roys, & leurs puiſſans aſyles,
Sont au prix des enfans des forces trop debiles,
Quand le meilleur amy nous quitte & cede au temps,
Seuls parmy les mal-heurs ils demeurent conſtans:
C'eſt pour eux que le Ciel pourroit à nos dommages,
De nous-meſmes ils ſont les viuantes images.
Donc ſans reſpect de vous, ny de ſon amitié,
Peut-eſtre ſans raiſon, mais touſiours ſans pitié:
Souffrirez-vous, Seigneur, que la fureur vous porte,
Iuſqu'à faire perir voſtre Fils de la ſorte,
Sans qu'il ſe iuſtiſie, ou demande pardon?
Puis que meſme il deuroit obtenir vn tel don.
Que d'vn Roy genereux la vengeance eſt bannie,
Et qu'vne ame bien née eſt touſiours mieux punie,
Et reçoit de ſa faute vn plus ſeur chaſtiment
Quand on remet ſa peine à ſon reſſentiment.
Enfin que la douceur eſt d'autant plus loüable,
Plus on peut conceuoir vn courroux équitable.
Sire, vous eſtes Roy, les Roys ce ſont des Dieux
Qui pardonnent ſur terre, ainſi que l'autre aux Cieux.

RVSTAN.

Ny les Dieux d'icy bas, ny les puiſſances hautes

Ne nous pardonnent pas toute sorte de fautes:
Mais comme son discours donne au Roy du soucy!

ACMAT.

Seul, vous deuez Seigneur, vous consulter ainsi,
Vous ne sçauriez auoir vn Conseiller plus sage.

RVSTAN.

Termine desormais cét importun langage,
Et songe pour le moins que commettre vn forfait,
Ou le deffendre trop, c'est le mesme en effect.

ACMAT.

Ie n'apprehende rien, car aupres de mon Maistre,
Et mon zele, & ma foy se font assez parestre.

SOLIMAN.

O Fils!

ACMAT.

Seigneur, voicy venir la verité.

RVSTAN.

Et de tous mes dangers, le moins premedité.

SCENE II.

SCENE DEVXIESME.

SOLIMAN. DEVIN. RVSTAN. ACMAT.

SOLIMAN.

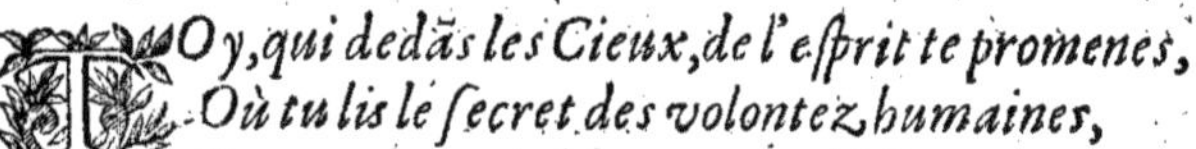

Oy, qui dedãs les Cieux, de l'esprit te promenes,
Où tu lis le secret des volontez humaines,
Dy moy la verité de cette trahison.

DEVIN.

La trahison est vraye, & faite sans raison.

RVSTAN.

Sire, que faut-il plus?

DEVIN.

Mais le traistre se cache,
Et couure auec son nom, vne action si lasche,
Qui non plus que son nom ne se cognoistra pas,
Qu'apres l'euenement de son iuste trépas.

RVSTAN.

Dieu! qu'est-ce qu'il veut dire!

K

SOLIMAN.

Et pourtant cette lettre
M'apprend la trahison, auec le nom du trétre?

DEVIN.

Cette lettre, de vray, monstre assez le forfait;
Mais ne declare pas le nom de qui l'a fait;

SOLIMAN.

Comment ?

RVSTAN.

Ie suis perdu.

SOLIMAN.

De quelle part vient elle?
Et n'apprend elle pas vne embusche mortelle?

DEVIN.

Cét escrit que tu tiens, & qui t'emplit d'effroy,
S'addressant à ton Fils, ne regardoit que toy.

RVSTAN.

Ouy, Sire, il regardoit vostre seule Couronne.

ACMAT.

Pluſtoſt ne s'adreſſoit qu'au Roy meſme en perſonne.

SOLIMAN.

Reſponds moy ſeulement encore ſur ce point,
Eſt-il vray que mon Fils au Perſan ſe ſoit joint?

DEVIN.

Bien plus que tu ne crois, & ſans eſtre coupable.

SOLIMAN.

Comment ſe fait cela ?

DEVIN.

      Mon dire eſt veritable:
Mais ie ne ſçaurois pas t'expliquer clairement,
Ce que ie n'apperçoy qu'en ombre ſeulement ;
Le reſte ſurpaſſant mon humaine foibleſſe,
Demeure enſeuely dans vne nuit eſpaiſſe.

RVSTAN.

Puis qu'on ne t'entend point, ne dis mot, & vas-t'en ;
Tu rends le Roy reſveur.

DEVIN.

     Oüy i'obeys, Ruſtan:

Mais si ie pars, tousiours le Ciel sur toy demeure,
Et parlera pour moy, deuant qu'il soit vne heure.

SOLIMAN.

Ie suis plus que iamais incertain & pensif :
Mais que veulent ces gens auecques ce captif?

RVSTAN.

Fascheux retardement.

SCENE TROISIESME.

PERSINE. SOLDATS. SOLIMAN.
ACMAT.   RVSTAN.

PERSINE.

        Heureux subiect de joye,
Puis que ie puis aussi mourir par cette voye.

SOLDATS.

Sire, ce prisonnier Persan de nation,
Vient pour vous éclaircir de son intention.

SOLIMAN.

C'est sans doute, Rustan, quelqu'vn de ses complices.

RVSTAN.

Il faut qu'il le confesse au milieu des supplices.

ACMAT,

Dieu qu'est-ce cy!

SOLIMAN.

Comment l'auez-vous arresté?

SOLDATS.

Faisant garde, & rodant autour de la Cité,
Nous le vismes de loin comme hors de luy-mesme,
Les yeux estincelans, & le visage blesme;
Et creusmes aussi-tost qu'il couuoit en son sein,
Ou venoit d'acheuer quelque mauuais dessein.
Apres nous estre enquis de cent choses diuerses,
Il nous dit qu'il estoit vn espion des Perses;
Et sans nous résister il fut conduit icy.

SOLIMAN.

Ieune homme, auoüez-vous ce que dit celuy-cy?

SCENE QVATRIESME.

ALVANTE. SOLIMAN. RVSTAN.
PERSINE. AÇMAT. SOLDATS.

ALVANTE.

ELLE *est entre leurs mains , ô Ciel quelle dif-*
grace!

SOLIMAN.

Responds-moy donc: Es-tu de Perse, ou bien de Thrace?

PERSINE.

Importune frayeur , & qu'est-ce que ie crains?
La mort que i'apperçoy si belle entre leurs mains?
Pourquoy trembler? Je suis de Perse & non de Thrace.

RVSTAN.

Voyez comme il respond, & qu'il est plein d'audace!

SOLIMAN.

Et de plus Espion?

PERSINE.

                    Vous l'auez entendu.

ALVANTE.

Ah fille mal-heureuse! hé Dieu! tout est perdu.

SOLIMAN.

Tu mourras.

ALVANTE.

Ah Seigneur!

PERSINE.

Que veux-tu faire Aluante?

RVSTAN.

Quelle est de ce vieillard l'entreprise insolente!

ALVANTE.

De grace, par ces pleurs qui baignent tes genoux,
Daignes, puissant Seigneur, surmonter ton courroux,
Et ne vueilles priuer du iour vne personne,
Qui peut pour sa rançon t'offrir vne couronne.

SOLIMAN.

Cette affaire n'est pas de petit interest:
Leue-toy, bon vieillard, & m'apprends donc qui c'est.

PERSINE.

Ne dis rien, ou du moins secondant mon enuie,
Ne dis que ce qui peut me faire oster la vie.

ALVANTE.

Seigneur, sans vous tenir plus long-temps en soucy,
La fille de Tamas, Persine, la voicy.

PERSINE.

O par trop pitoyable, & trop cruel Aluante.

ALVANTE.

Seigneur, comme ie voy, ce mot vous espouuante:
Mais i'ay dit toutesfois la pure verité.

SOLIMAN.

Toy Persine!

PERSINE.

     A ce mot, si ton cœur irrité
De ma perte, conçoit vne plus forte enuie,
Il est vray, ie la suis, arrache moy la vie.

ALVANTE.

Seigneur considerez

PERSINE.

     Que fais-tu ?

ALVANTE.

         Ces cheueux
Qu'elle serre au dedans entortillez par nœuds:

SOLIMAN.

Mais quelle occasion en ce pays t'ameine?

AL

ALVANTE.

Seigneur, ie le diray.

PERSINE.

> *La naturelle hayne*
Que contre ta perſonne, & contre tous les tiens,
Dans ce cœur genereux de tout temps i'entretiens,
Eſt l'vnique ſujet qui m'ameine en Syrie,
Pour te faire ſentir l'effet de ma furie.
Doncques que veux-tu plus, & qu'eſt-ce'qu'on attend?
I'ay merité la mort, que differes-tu tant?

ALVANTE.

Seigneur, le vray ſubject, & quelle a voulu taire,
Eſt tel qu'il eſteindra toute voſtre colere;
C'eſt l'amour qu'elle porte au Prince voſtre aiſné,
Soubs la foy de l'hymen entr'eux deux deſtiné.

PERSINE.

Que tu me fais de tort!

SOLIMAN.

> *Dieu que viens-ie d'entendre!*

RVSTAN.

Voilà cet innocent qu'Acmat vouloit deffendre!

L

Le crime est aueré, Sire, n'en doutons point,
Voila comme ce fils auec le Perse est ioint,
Voilà sa trahison.

ACMAT.

Dieu la triste auanture!

SOLIMAN.

Ie le reconnois trop, ah fils contre nature,
Et vous, dans peu de temps vous sçaurez, scelerats,
De quels maux ie punis de pareils attentats.

ALVANTE.

O deplorable Sort!

SOLIMAN.

Soldats, qu'on me l'emmeine,
Dans vn obscur cachot en attendant sa peine,
Et toy, vieillard, suy moy, tu seras mis aux fers.

ALVANTE.

O Persine.

PERSINE.

O tourmens d'vne main douce offers!

SCENE CINQVIESME.

SOLDATS. PERSINE.

· SOLDAT.

Madame, de vos maux i'ay si fort l'ame attainte,
Et fay ce triste office auec tant de contrainte,
Que si l'on auoit mis l'vn & l'autre à mon choix,
Ie choisirois plustost de mourir mille fois.

PERSINE.

Quelle pitié tardiue amollit ton courage!

SOLDAT.

Vos beautez, vostre rang, vostre sexe, & vostre âge,
Que vous faites reluire auecques tant d'éclat,
Me touchent vous voyant reduite en cét estat:
Mais ce qui plus que tout sensiblement me presse,
C'est que de Mustapha vous soyez la Maistresse.

PERSINE.

Ah tais-toy, mon amy, de semblables propos

L ij

Bien plus que tu ne crois , nuisent à mon repos.
Sçaches que le subiet qui fait que tu m'estimes
Indigne de ces maux, les rend seul legitimes:
Mais que voy-je bon Dieu ! de grace mes amis,
Qu'vn moment de delay me soit icy permis ;
Souffrez que ie reproche à qui m'oste la vie,
Qu'il a ce qu'il desire, & qu'elle m'est rauie:
C'est Mustapha qui vient, laissez moy veoir à luy,
Que de quelques propos i'allege mon ennuy,
Et si ie n'en sçaurois tirer d'autre vengeance,
Que ma langue du moins punisse son offence.

SOLDAT.

Amour , Maistresse , mort , vangeance, deplaisir ;
Mais soit ce qui pourra; i'accorde ton desir.

PERSINE.

Ah veuë! ah fier aspect! ah cruel homicide!
Et ce qui passe tout, homme ingrat & perfide!
Dieu! comme le venin qui de son sein glacé
Tout froid, iusqu'en mon cœur, par mes yeux a passé,
Me saisissant la langue & le pied tout ensemble,
Oste la voix à l'vne & fait que l'autre tremble.

SCENE SIXIESME.

MVSTAPHA. PERSINE. SOLDAT.

MVSTAPHA.

Vas t'en, & si quelqu'vn venoit dessus mes pas,
Enioins-luy de ma part de ne me suiure pas;
Et luy dis qu'aimant mieux vne mort glorieuse,
Que de viure vne vie à mon Prince odieuse,
Ie retourne à la Cour pour auoir le bon-heur
D'immoler s'il le faut ma teste à mon honneur :
Mais afin que mon Pere auec plus d'asseurance
Sur ce flanc desarmé lise mon innocence,
Emporte cette espée, & vas pres de la Tour,
Ou si tu veux, au camp, attendre mon retour.

PERSINE.

Que les armes par toy sont iustement quittées,
Puis qu'elles en estoient indignement portees!
Qu'à bon droit tu deffends qu'on ne te suiue pas,
Ferois-tu bien le Prince ayant le cœur si bas?
Mais quitte aussi le iour, ois dedans les boccages,
Vas te cacher parmy les Ours les plus sauuages.

Comme eux impitoyable, & sans aucune foy.

MVSTAPHA.

Veillé-ie, ou si ie dors! Dieu! qu'est-ce que ie voy!
Est-ce vne chose vraye! ou si c'est quelque songe,
Dont mon desir m'abuse auec vn doux mensonge!

PERSINE.

Non, ces liens ne sont ny mensongers, ny faux,
Tu me vois endurer de veritables maux,
Et la mort qui bien tost finira ma misere,
Ne sera point non plus fausse ny mensongere:
Doncques resioüis-toy, superbe, déloyal,
Et qui foules aux pieds vn cœur de sang royal:
Contemple auec plaisir dans vne chaisne infame,
Et qui n'attend sinon l'heurè de rendre l'ame,
Celle dont tu receus la lumiere du iour,
Et qui fut pour toy seul dans les liens d'amour.

MVSTAPHA.

C'est sans doute elle mesme! ô Dieu! troupe barbare!
Hé comment traitez-vous vne beauté si rare!

SOLDAT.

Le Roy, braue Seigneur, l'a mise entre nos mains,

Iugez par là du reste.

MVSTAPHA.

O Destins inhumains!
En quel estat apres vne si longue perte,
Maintenant à mes yeux, par vous est-elle offerte!
Persine prisonniere! & pour tout reconfort,
Persine n'attendant que l'heure de la mort!
Persine qui pourroit retenir asseruie
Des Rois les plus puissans, la franchise & la vie!
Et pourquoy m'accuser de manquer à ma foy,
Moy qui n'aimay iamais, & qui n'ayme que toy?

PERSINE.

Tu ne te crois donc pas assez abominable
Si tu ne feins encor de n'estre pas coupable?
Que pretens-tu par là? d'accroistre mes ennuis?
Tu ne le sçaurois plus en l'estat où ie suis;
Ou si craignant d'en haut vne iuste vengeance,
Tu veux dissimuler & nier ton offence,
Et penses comme à moy pouuoir cacher aux Cieux,
Ce qu'ils n'ot que trop veu pleins de lumiere & d'yeux?
Non, non, n'espere pas leur cacher ton offence,
Et sçaches qu'ils prendront eux-mesme ma deffence.

MVSTAPHA.

Ie reſte tout troublé! quel eſt donc ce forfait?
Que ie ſçâche du moins le crime que i'ay fait?
Certes ſi i'ay failly, ma faute eſt pardonnable,
Car c'eſt la volonté qui rend ſeule coupable.

PERSINE.

Tu te mocques encore, & le mal te plaiſt tant,
Que tu le veux ouyr redire à chaque inſtant:
Et bien, i'en ſuis contente, il faut que ie te die
Comme tu déchiras, remply de perſidie,
Et la lettre & la feuille ou ſe tenoient enclos,
Mon eſprit, mon eſpoir, ma vie, & mon repos.
Comme te noirciſſant d'vn horrible parjure,
Tu fis à mon honneur vne ſenſible iniure,
En niant de m'auoir iamais donné la foy,
Sinon pour m'abuſer & te mocquer de moy:
Comme tu m'accuſas de ſcience magique;
Comme tu me chaſſas ainſi qu'vne impudique,
Et ſi ie ne ſortois de ces lieux promptement,
Dis que tu me ferois mourir honteuſement:
Mais va, reſioüis-toy, la mort m'eſt preparée,
I'ay voulu la chercher toute deſeſperée,

Affin

Afin de me punir de t'auoir trop aymé.

MVSTAPHA.

Ah tais-toy, de douleur ie suis presque pasmé:
Ie perds à tes discours & l'esprit & la vie:
Quel est cruel destin auiourd'huy ton enuie?
Quel estrange complot de l'Amour & du Sort,
A iuré ma ruyne, & conspiré ma mort?
Quels autres ennemis ont entrepris encore
De m'accuser à toy d'vn crime que i'ignore?
Dequoy me parles-tu? quels estoient ces escris?
Qui me les apporta? qui les a veus ou pris?
Qui iamais entendit sortir de cette bouche,
Que des mots de loüange en tout ce qui te touche?
Deschirer tes escrits! desauoüer ma foy!
Ah que ces actions ne partent pas de moy.
T'appeller ny te croire impudique ou sorciere!
Te chasser, menacer de t'oster la lumiere!
O Ciel, s'il est ainsi, que tarde ton courroux?
Precipices, Enfers, que ne vous ouurez-vous?
Affin de m'engloutir dans vos profonds abysmes,
Pour la punition que meritent ces crimes?
Que la terre ait horreur de soustenir mes pas;
Que ny l'air, ny le feu ne me soulagent pas;

M

Qu'auec les Elemens l'Vniuers me haïſſe,
Et pour me ſouhaitter vn plus rude ſupplice,
Que Perſine elle meſme ait pour moy de l'horreur,
Si iamais mon eſprit conceut tant de fureur,
Et ſi dedans ce cœur qui garde ton image,
Mon amour ne te rend vn eternel hommage;
Que ne penetres-tu dedans mes ſentimens ɩ
Que ne vois-tu Perſine en ce cœur ſi ie mens !

PERSINE.

Quand tu m'en donnerois vne entiere aſſeurance,
Que me peut deſormais ſeruir ton innocence,
Puis qu'elle ne ſçauroit me ſauuer du treſpas?

MVSTAPHA.

On reſpectera plus de ſi diuins appas,
Et quand tant de beauté ne te pourroit deffendre,
Si quelqu'vn doit mourir, l'ay du ſang à reſpandre.

Fin du quatrieſme Acte.

ACTE V.
SCENE PREMIERE.

MVSTAPHA, & PERSINE, conduits au supplice.

MVSTAPHA.

Faut-il donc que ce fer, trop aimable Persine,
Se monstre si cruel à ta beauté diuine,
Et que nos cœurs vnis par l'Amour & le Sort,
Soient separez du coup d'vne si dure mort!
Mais pourquoy n'est-on pas content de mon supplice,
Sans que cette Princesse auecque moy perisse,
Qui ne peut en viuant donner aucun ennuy,
Ny s'vsurper la gloire ou le Sceptre d'autruy?
Ne reconnoist-on pas quelle est son innocence?
Si ce n'est que l'amour ait causé son offence.

M ij

PERSINE.

Mais pluſtoſt ce viſage eſt luy ſeul criminel,
Et digne que ie ſouffre vn ſupplice eternel,
Puiſque pour auoir eu le bon-heur de te plaire,
Il a de Soliman excité la colere.

MVSTAPHA.

Ce viſage Perſine a des attraits trop doux,
Pour eſtre le ſujet d'vn ſi rude courroux:
Croy pluſtoſt que le Ciel jaloux des belles flames,
Où s'alloient conſommant nos innocentes ames,
Et dont nous receuions dans vn paiſible accord
Des biens qu'on ne ſçauroit gouſter qu'apres la mort;
Le Ciel, dis-ie, ſur nous deſchargeant ſon enuie,
A luy meſme entrepris de nous oſter la vie:
Mais mourons conſtamment, & faiſons voir ce iour
Qu'on nous peut bien oſter la vie, & non l'amour.

PERSINE.

Que ce ſoit, cher Amant, ou le Ciel ou la Terre
Qui nous liure auiourd'huy cette funeſte guerre,
I'en deteſte l'autheur, mais la cauſe m'en plaiſt,
Et i'en benis l'effet tout iniuſte qu'il eſt.

MVSTAPHA.

Auançons donc, Perſine, & courons auec joye,
Où par arreſt du Ciel vn Pere nous enuoye ;
Et puis qu'on nous deffend de nous joindre autrement,
Qu'en allant l'vn & l'autre enſemble au monument;
Allons mourir enſemble, & qu'au moins en ce monde,
Noſtre ſang dans la mort ſe meſle & ſe confonde.

SCENE DEVXIESME.

LA REINE. SELINE.

LA REINE.

*S*Eline, c'en eſt faict, ſon arreſt eſt donné,
On va faire mourir ce Prince infortuné.
O Dieu quelle pitié dans moy ſe renouuelle
Ie ſuis donc l'inſtrumeut d'vne mort ſi cruelle

SELINE.

La raiſon, le deuoir, les loix de l'amitié,
Vouloient que vous euſſiez de vous-meſme pitié.

LA REINE.

Mais il meurt innocent.

SELINE.

Il deuiendroit coupable,
Empefcher de faillir c'eſt eſtre charitable.

LA REINE.

Quoy doncques des ſoupçons legers & ſans raiſon,
Auront peu me reſoudre à cette trahiſon!
Non, ie ne puis ſouffrir ce reproche en mon ame,
Ie veux tout declarer.

SELINE.

Gardez-vous-en, Madame,
Si vous vous accuſez, vous attirez ſur vous,
Du iuſte Soliman, la haine & le courroux.

LA REINE.

N'importe.

SELINE.

Parlez bas, car nous ſerions perduës,
Si celuy-cy qui vient nous auoit entenduës,

SCENE TROISIESME.

ORMENE. LA REINE. SELINE.

ORMENE.

POſſediez-vous, Madame, vn eternel bon-heur,
Comme vous ferez grace à mon fils & Seigneur:
Car lors que vous ſçaurez vn ſecret d'importance,
Vous vſerez ſans crainte enuers luy de clemence:
Muſtapha maintenant a les Cieux ennemis,
Non point comme ie croy, pour mal qu'il ait commis:
Mais parce qu'il n'eſt pas de royale naiſſance,
Pour heriter du Sceptre & regner dans Biſance;
Encor qu'en ce point meſme il ſoit net de peché,
Et que iuſques icy ce fait luy ſoit caché:
I'ay touſiours reſerué ce ſecret dans mon ame,
Depuis qu'il fut enfant eſleué par ma femme:
Mais le voyant helas! ſi proche de la mort,
I'ayme encor mieux qu'il viue, & renonce à ſon ſort.

LA REINE.

Ce que tu dis, vieillard, me ſurprend & m'eſtonne

Muſtafa ne pourroit pretendre à la Couronne!
Et n'eſt-ce pas celuy que trois iours iuſtement,
Deuant les premiers cris de cét enfantement,
Ou de mon aiſné mort ie pleuray la diſgrace,
Mit pour ma perte au iour, la Sultane Circaſſe?

ORMENE.

Le iour que voſtre aiſné dans le monde parut,
Le meſme iour, le fils de Circaſſe mourut:
Elle qui ſur ce fils éleuoit ſon courage,
Craignant que ce trépas ne cauſaſt ſon dommage,
Afin de reparer cette injure du ſort,
Me pria de chercher vn viuant pour le mort:
C'eſt celuy que depuis la ſubtile Circaſſe
Fit croire à Soliman de ſon illuſtre race;
Bien que de fort bas lieu ſans doute il ſoit venu,
Et que ie l'euſſe pris du premier inconnu,
Qui le debuant porter au loin dans vne ville,
Dont la mer qui la ceint rend l'abord difficille,
Conſentit aiſément à s'en veoir deliuré,
Moyennant cent ſequins qu'alors ie luy liuray
Auecques l'enfant mort qu'il mit en ſepulture.

LA REINE.

Ciel! eſtoit-ce donc luy! l'auare! le parjure!

Doncques

Doncques tant de joyaux qu'il receut lors de moy
Ne purent l'obliger à me garder sa foy!
Mais dy-moy bon vieillard, toy qui dés sa naissance,
As de ce ieune Prince entiere connoissance,
Toy, dis-je, dont les soins furent creus suffisans,
Pour esleuer la fleur de ses plus tendres ans,
N'as-tu point sur son corps apperceu quelque marque?

ORMENE.

Le Ciel vouloit qu'vn iour il fust nostre Monarque;
Aussi pour cét effet receut-il en naissant
Sur le bras droit, vn signe en forme de Croissant.

LA REINE.

C'estoit mon propre fils ! & celuy de Circasse
L'enfant mort qui fut mis au sepulchre en sa place:
Naissant ie le perdis par trop de pieté;
Maintenant ie le perds par ma credulité.
Ie suis en son endroit doublement criminelle,
Pitoyable autrefois, & maintenant cruelle:
Car sçaches, bon vieillard, que l'on croit faussement,
Que mon premier enfant soit dans le monument:
Ie feigny cette mort pour luy sauuer la vie,
Craignant que par Circasse, elle luy fust rauie,

N

Qui ne pouuoit souffrir (mais tu la connus bien)
De voir à Soliman d'autre enfant que le sien.
Ainsi pour euiter son embusche mortelle,
Ie voulus pratiquer cette ruse nouuelle,
Et i'enuoyois mon fils loin d'elle & du danger,
Dans vne place forte auec cét estranger,
Qui deuant que partir me donna (chose estrange)
L'autre enfant mort du Roy qu'il eut par ton eschãge,
Et qui sous vn destin plus heureux & plus beau,
Fut pour mon propre fils porté dans le tombeau,
De mesme que du Ciel la sagesse profonde
T'adressa vers celuy que i'auois mis au monde,
Afin que tous les deux, le viuant, & le mort,
Fussent creus fils du Roy, mesme malgré leur sort.

ORMENE.

O prodige!

SELINE.

O merueille!
LA REINE.
   Allons donc tout à l'heure
Empescher si ie puis que mon cher fils ne meure,
Et si l'ayant trouué ie le pers aujourd'huy,
Moy-mesme ie mourray de regret & d'ennuy.

SCENE QVATRIESME.

SOLIMAN.   ACMAT.

SOLIMAN.

IE sens, fidelle Acmat, vne pareille crainte
A celle dont i'auois ce matin l'ame attainte:
Les mesmes mouuemens, et la mesme terreur
Confondent mes esprits de tristesse et d'horreur.
O Dieu que dans nos cœurs la Nature est puissante!
Tout coupable qu'il est, son trespas m'épouuante.

ACMAT.

Ah Seigneur i cette horreur que vostre ame ressent,
Montre que Mustapha sans doute est innocent:
Sire, encore vne fois, au nom de la Nature,
Escoutez sa deffence, Acmat vous en conjure :
A la perte d'vn Fils qu'on ne peut reparer
Vn Pere sçauroit-il iamais trop differer?
Mais Dieu i voicy la Reyne & Rustan qui l'arreste,
A quelque autre dessein leur malice s'appreste.

N ij

SCENE CINQVIESME.

RVSTAN. LA REINE. SOLIMAN.
ACMAT. ORMENE.

RVSTAN.

Mais Madame, escoutez ;

LA REINE.

Ie t'ay trop escouté :
Ta trahison aura ce qu'elle a merité.
Non, toutes ces raisons ne m'en peuuent distraire.
I'apperçoy Soliman.

RVSTAN.

Hé ! que pensez-vous faire ?

LA REINE.

Seigneur, c'est à moy seule

RVSTAN s'enfuit.

O Ciel, ie suis perdu !

LA REINE.

A qui de Muſtapha le chaſtiment eſt deu;
Ma mort plus que la ſienne, eſt iuſte et legitime,
Et ſeule contre vous, i'ay peu commettre vn crime,
Puis que i'ay conſpiré contre mon propre ſang,
Et ruyné celuy qui ſortit de ce flanc:
Ie ſuis de Muſtapha la veritable mere,
Et que cecy, grand Prince, appaiſe ta colere;
Quel autre chaſtiment me peut eſtre donné,
Qui ne cede aux tourmens dont i'ay l'eſprit geſné;
Maraſtre que ie ſuis! horreur de la nature!
I'ay de mon propre fils creuſé la ſepulture.

SOLIMAN.

Muſtapha voſtre fils!

LA REINE.

Ouy, Sire, aſſeurément.
Ce vieillard me l'enſeigne, & vous ſçaurez, cõment:
Cependant de Ruſtan l'ambition couuerte
M'a fait iniuſtement trauailler à ſa perte,
Et ietter dans l'eſprit de voſtre Majeſté
Des ſoupçons eſloignez de toute verité:
Ou ſouffrez donc, Seigneur, qu'auec luy ie periſſe,
Ou que i'aille à l'inſtant le tirer du ſupplice.

SOLIMAN.

O Ciel ! qu'ay-je entendu ! Courez, Courez, Soldats,
Que son funeste arrest ne s'execute pas.

ACMAT.

O doux commandement !

ORMENE.
O bien-heureux Ormene !

SOLIMAN.

Mais i'apprehende fort que leur course soit vaine.

LA REINE.

Seigneur, j'auois desià de moy-mesme mandé,
Que son supplice fust quelque temps retardé,
Craignant qu'on ne courust trop tard à sa deffence,
Quand vostre Majesté sçauroit son innocence.
Mais, Seigneur, accordez au Zele tout puissant,
Que pour son propre sang vne mere ressent,
Que ie coure moy-mesme aussi le reconnestre,
Et que i'aille embrasser celuy que i'ay fait naistre.

SOLIMAN.

Allez, Madame, allez, & l'amenez icy.

SCENE SIXIESME.

SOLIMAN. ACMAT.

SOLIMAN.

IE ne puis rien comprendre à tout ce difcours cy!
Car fi de Muftapha l'innocence eft fi grande,
Que veut dire l'efcrit que l'ennemy luy mande?
Encor qu'en tout le refte on ait peu m'abufer,
En cecy pour le moins n'a-t'on fceu m'impofer ;
Car voilà de Tamas la propre fignature :
C'eft fon propre cachet ; c'eft fa propre efcriture !

ACMAT.

La Reyne qui feruit d'inftrument au forfait,
Seigneur, éclaircira la verité du fait :
Mais vous n'ignorez pas auecque quelle rufe
Ce traiftre fçait charger l'innocent qu'il accufe,
Et vous auez peu veoir comme au premier accent,
Que la Reyne a formé par ce fils innocent,
Le perfide a iugé fa trame defcouuerte,
Et s'eft mis à fuyr affeuré de fa perte;

Ce qui declare aſſez qu'il n'oſe ſe fier
Al'eſcrit qui pourroit ſeul le iuſtifier.

SOLIMAN.

De mon Fils Muſtapha l'innocence auerée,
Au perfide Ruſtan la mort eſt aſſeurée ;
Mais vn autre ſujet de mon eſtonnement,
C'eſt que ie ne puis voir par quel euenement,
Muſtapha pourroit eſtre auſſi fils de la Reyne,
Quoy qu'auecques plaiſir, certes i'en ſuis en peine.

ACMAT.

Cecy pareillement me rend fort eſtonné,
Car ſon aiſné mourut auſſi-toſt qu'il fut né.

SOLIMAN.

Mais perſonne ne vient, helas ! que i'apprehende
Qu'on ait executé ce que l'arreſt commande ;
Ah Dieu ! s'il eſt ainſi qu'on l'execute à tort,
Puis-je mourir apres d'vne aſſez rude mort.

ACMAT.

Seigneur voicy la Reyne, & ſon Fils qu'elle embraſſe.

SCENE

SCENE SEPTIESME.

LA REINE. MVSTAPHA. PERSINE.
ALVANTE. SOLIMAN. ACMAT.

LA REINE.

C'Eſt le ſubjeƈt, mon Fils, d'où prouient ta diſgrace,
Et ſur tout de la lettre; Il ne te reſte plus
Qu'à te iuſtifier au Prince, là deſſus.
Le voilà qui t'attend pour ouyr ta deffence.

SCENE HVITIESME.

OSMAN ſuruient.

O Triſte deſeſpoir! ô diuine vangeance!
Seigneur, Ruſtan eſt mort!

SOLIMAN.

Comment! de quelle mort!

OSMAN.

Il a fait ſur ſoy-meſme vn violent effort.

O

SOLIMAN.

Et pour quelle raiſon?

OSMAN.

Ayant veu que Madame
Accuſoit ſa malice, & ſon injuſte trame,
Il eſt dans ſon logis accouru furieux,
Et d'vn coup de ſa main tombé mort à mes yeux.

SOLIMAN.

Son bras a ſeulement preuenu ma iuſtice,
Et le triſte appareil d'vn infame ſupplice;
Il euſt appris le Traiſtre à vomir ſon poiſon
Autre-part que ſur ceux qui ſont de ma maiſon.

LA REINE.

Ainſi le Ciel luy-meſme a puny ſon offence.

SOLIMAN.

A ce point prés, mon fils, ie voy ton innocence,
Comment donc pourras-tu reſpondre à cét eſcrit?

OSMAN.

Seigneur, i'en puis tout ſeul eſclaircir voſtre eſprit:

Espiant prés du camp, comme voulut mon maistre,
Dequoy rendre à vos yeux le ieune Prince traistre;
Des papiers deschirez s'offrent à ce desseing,
Où de Tamas estoient le cachet & le seing;
Ie les donne à Rustan, qui trop plein d'artifice
Les employe aussi-tost à ce damnable office:
Le nom du Roy Tamas d'vne aiguille il picqua,
Qu'au pied d'vn papier blanc apres il applicqua:
Puis il seme dessus vne poudre menuë;
Mais de qui la noirceur sur le blanc retenuë,
Laisse apres à sa plume vn moyen fort aisé
De passer sur le nom qu'il auoit supposé:
Enfin le cachet mis en sa forme ordinaire,
Il trace cét escrit changeant son caractere,
Et vous le vint offrir le feignant arraché
D'vn Persan, qu'il vous dit que ie treuuay caché.

ALVANTE.

Ie fus de tout le mal l'occasion premiere,
Et seul à sa malice ay fourny de matiere;
Car au lieu de tenir ce que i'auois promis,
Ces papiers par moy-mesme en pieces furent mis,
Et pensant ruyner les amours de Persine,
Malheureux que ie suis, ie causay sa ruyne;

O ij

Car auecques l'escrit qu'elle m'auoit donné,
Estoit du Roy son Pere vn papier blanc siné.

MVSTAPHA.

Persine, vne autrefois me croirez-vous coupable?

PERSINE.

Ne deuois-je pas croire Aluante veritable,
Luy que i'auois tousiours trouué digne de foy?

MVSTAPHA.

Doncques vous le croyiez plus fidelle que moy?

LA REINE.

Seigneur, son innocence est desormais trop claire.

SOLIMAN.

Mais comment pût la Reyne ignorer ce mystere?

OSMAN.

La voyant seconder ses desseins à regret,
Il n'oza luy fier cét important secret;
Au contraire il vouloit la tromper elle-mesme,
Afin que se iugeant dans vn peril extresme,

Elle vous conjuraſt auecques plus d'effeƈt,
De procurer la mort de l'autheur du forfait.

SOLIMAN.

O perſide Ruſtan! dont la noire malice
Meritoit les horreurs d'vn plus cruel ſupplice!
Quel eſtoit ton deſſein ſinon par mon erreur
Me rendre à tous les miens vn objet plein d'horreur?
O Dieu! que dans la Cour, meſme au Throſne où nous
*   ſommes,*
On doit apprehender les embuſches des hommes!
Et toy, fidelle Acmat, dont la ſage raiſon,
Touſiours de ſon venin fut le contrepoiſon:
Que tu meritois mieux l'heureux titre de gendre
De celuy, dont le Fils tu ſçais ſi bien deffendre:
Mais toy, mon Fils, pardonne à ton Pere ſeduit
Le funeſte danger où tu t'es veu reduit;
Et dont les iuſtes Cieux par leur muet langage
Me donnoient ce matin vn aſſeuré preſage;
Cela me monſtre aſſez combien tu leur es cher,
Et que ſans ſacrilege on ne te peut toucher:
Auſſi reconnoiſſant tes vertus nompareilles
Ie deuois croire moins mes yeux & mes oreilles.

MVSTAPHA.

Pere, & Roy, le meilleur & plus grand des humains ,
Et ma vie & ma mort sont bien entre vos mains ;
Vous auez trop de soin de l'ame la plus basse,
Pour ne pas mesnager le sang de vostre race:
Puis de quelque façon que vint vostre courroux,
Que pouuoit-il m'oster qui ne fust tout à vous ?
Pardonnez, seulement à cette belle Amante
L'excez où la porta son ardeur vehemente ;
Aussi pardonnez-moy si sans vostre congé
Dans cét amour suspect mon cœur s'est engagé,
Le plus iuste sujet de toutes mes trauerses.

SCENE NEVFIESME.

Gentil-homme. Soliman. L'Ambassadeur de Perse.
La Reyne. Acmat. Aluante. Mustapha. Persine.

GENTIL-HOMME.

Seigneur , voicy venir l'Ambassadeur des Perses.

SOLIMAN.

Escoutons-le. T'amas meu d'vne juste peur
Veut renoncer sans doute à son espoir trompeur.

L'AMBASSADEVR DE PERSE.

Inuincible Seigneur, le Roy Tamas mon Maiſtre,
Priué du doux aſpect de celle qu'il fit naiſtre,
Et qu'il a fait chercher par d'inutiles ſoins
Dedans tous les pays de ſon pouuoir teſmoins;
Deſià deſeſperé de perdre en ceſte fille
L'appuy de ſa Couronne, & l'heur de ſa famille,
En fin a deſcouuert par la bonté des Cieux
Qu'elle eſtoit inconnuë arriuée en ces lieux;
Et comme ſi ſon cœur trop veritable augure
Euſt pour elle preueu cette triſte auanture :
Il m'a, Seigneur, exprez deuers vous deputé,
Pour la redemander à voſtre Majeſté:
Elle vient de courir fortune de la vie,
Seigneur, ne ſouffrez pas qu'elle luy ſoit rauie;
Quel honneur receuroit vn grand Roy comme vous,
Qu'vne ieune Princeſſe eſprouuaſt ſon courroux?
Pluſtoſt, pluſtoſt, Seigneur, diſſipez ces tempeſtes,
Qui s'en vont fondre en Perſe & menacent nos teſtes,
Et puis que nous voyons le port nous eſtre ouuert,
Que voſtre Majeſté nous y mette à couuert.
Il ſemble qu'en ce iour le Ciel & la Fortune
Offrent l'occaſion à nos vœux opportune:

L'occasion est fiere, elle hayt le refus ;
Vne fois méprisée elle ne reuient plus :
C'est elle qui vous prie au nom du Diadéme,
Au nom du Roy Tamas, mais au nom de vous mesme,
D'embrasser le repos, & pour vous, & pour luy,
Que la faueur du Ciel vous presente aujourd'huy :
Vous sçauez trop, Seigneur, de quelles belles flames
Se sentent consommer ces genereuses ames,
Donnez à leur ardeur seulement vostre aueu,
Et nos feux aussi-tost s'esteindront par ce feu :
Car i'ay charge, Seigneur, de vous rendre les terres
Qui causent parmy nous de si cruelles guerres,
Au cas que cét Hymen de mon Roy souhaitté
Ayt aussi l'heur de plaire à vostre Majesté.
Je veux que vous soyez certain de la victoire ;
Icy, Seigneur, la paix vous donne autant de gloire,
Et puis dés à present mon Prince vous remet,
Ce qu'apres vn long temps vostre espoir vous promet.

SOLIMAN.

Quãd ces raisons sur moy n'auroiët point de puissance,
En faueur de mon fils, i'vserois de clemence ;
Ouy, i'accorde la paix, & ie veux dés ce iour
L'arrester entre nous par des liens d'amour ;

Ie

Ie veux que Muftapha joint auecque Perfine,
Couppe de tous nos maux la fource & l'origine.

L'Ambaffadeur de Perfe.

A quel bon-heur mon Roy fe void-il efleué!

LA REINE.

O fils heureufement aujourd'huy retreuué !
Que tu rends deformais ta mere fortunée !

ACMAT.

Que du fein de la mort fort vn bel hymenée !

ALVANTE.

Que les Cieux fçauent bien nos fautes reparer !
Ie les ay reünis, les voulant feparer !

MVSTAPHA.

La valeur du bien-fait & l'action eft telle,
Qu'elles meritent, Sire, vne grace immortelle ;
Et fi ie ne croy pas qu'vn tel remerciment
Pûft encore eftre egal à mon reffentiment :
Mais quelle trifte nuë obfcurcit ton vifage?
Perfine, fuyrois-tu cét heureux mariage ?

Ou si te ressentant de ton premier courroux,
Tu m'estimes coupable, & me hays pour espoux?

PERSINE.

Plustost ton innocence est tout ce qui me trouble:
Par elle, mon erreur s'augmente & se redouble;
Si bien que ie me iuge indigne de l'honneur
Que me fait maintenant nostre commun Seigneur.

SOLIMAN.

Finissez ces debats, et que chacun s'appreste
A bien solemniser cette amoureuse feste.
Retournons là dedans: où Madame à loisir,
Doit touchant Mustapha contenter mon desir;
Apres, nous songerons à quitter cette terre:
Persine valoit bien toute seule vne guerre.

F I N.